Jan Cönig

Titel fehlt, ist aber entschuldigt

Für Saeda,
danke für den schönen
Abend.

Titel fehlt, ist aber entschuldigt

Jan Cönig

Erste Auflage 2022

Lektora GmbH
Schildern 17–19
33098 Paderborn
Tel.: 05251 6886809
Fax: 05251 6886815
www.lektora.de

Druck: MCP, Marki
Covermotiv: Tatiana Vdovenko
Covermontage: Jan Cönig
Lektorat & Layout Inhalt: Lektora GmbH, Denise Bretz
Printed in Poland

ISBN: 978-3-95461-231-4

Inhalt

Titel fehlt, ist aber entschuldigt

Manchmal schaue ich mir Fitness-Videos an – ohne mitzumachen. Dann sitze ich auf der Couch, esse Chips und wenn jemand fragt, was ich mache, sage ich »Sport«.

Manchmal bin ich geflasht, wie alle ihr Leben meistern, dann merke ich, ich bin auf Insta. Ich bin der Prototyp des maximalen Mittelmaßes. IKEA-Regale werden dank mir skurrile Skulpturen, Grillfleisch zu Asche, Chancen zu Fehlschlägen. Ich lernte fallen, bevor ich laufen konnte, auf Eisbahnen verbringe ich mehr Zeit in der Horizontalen als auf Wolken. Ich schnappe jedes Fettnäpfchen, kappe mit elektrischen Heckenscheren mehr Kabel als Geburtshelfer*innen Nabelschnüre. Ich sammle Fehltritte wie andere Fußballbildchen, uncool ist mein zweiter Vorname und in den meisten Situationen bin ich wie ein vergessenes Päckchen – ungeschickt.

Wäre ich eine Stadt, wäre ich Bielefeld. Wäre ich ein Land, mein Wahrzeichen wäre der Zweifelturm. Während ich noch überlege, ob ich zur Bahn rennen soll, die am Gleis steht, fährt sie ab. Ja, wenn es eine falsche Entscheidung gibt, dann werde ich sie treffen. Und wenn wir Dartspielen, dann werde ich sie treffen. Die Bar, die Fotos an der Wand, die Omi, die gerade vom Klo kommt, den Lüftungsschlitz der Heizung, aber niemals das Bull's Eye.

Dieser Text geht raus an alle, die in ihrem Leben schon einiges ausprobiert haben, um festzustellen – kann ich nich'. Keine Sorge, schaut euch um: Wir sind nicht allein!

Denkt mal an Babys. Lieben wir sie, weil sie sabbern, brabbeln und in die Hose machen? Nein. Sonst würden wir auch alte Leute feiern.

»Wow, is' der süß! Wie alt ist der denn?«

»89.«

»Aaaaaw.«

Wir feiern die munteren Minis, weil sie ständig super scheitern, und es macht ihnen nichts aus. Das könnt ihr auch schaffen.

Beobachtet mal eure Mitmenschen! Besonders an Bahnhöfen und in Fußgängerzonen sieht man täglich eine Vielzahl von Leuten, die Züge verpassen, ausrutschen, stolpern oder bereits am Morgen vor dem Kleiderschrank gescheitert sind. Das muss nicht sein.

Hier ein paar Alltagstipps:

Du hast spärlichen Haarwuchs? Versuch nicht, die Glatze durch drei quergekämmte Strähnen zu verdecken. Hättest du genug Haare, um die Glatze zu verdecken, hättest du keine Glatze.

Genieße, dass du weiter von einem Bad Hair Day entfernt bist als die Erde vom Mond, und lass dir einen Bart wachsen!

Ganz wenige Menschen stehen morgens auf und sind wunderwunderschön. Trag bunte Kleidung, das verwirrt – mit einem neongrünen Jumpsuit spricht niemand über dein Gesicht.

Menschen, die zu einer Bahn sprinten, die bereits am Gleis steht, und jene, die gemütlich ans Gleis schlendern, haben eine Sache gemeinsam: Sie verpassen den ein oder anderen Zug. Unterschied: Die einen bekommen hektische Flecken und schnaufen wie eine Dampflok – die anderen wirken entspannt.

Trainiert das richtige Fallen! Wie fantastisch wäre es, wenn ihr stürzt und mit einer astreinen Judorolle die Schwerkraft kontert? Ist Sport kein adäquates Mittel, tarnt euch als Street-Artist. Nach jedem Stolpern ein »Tadaaa!«, schon wird aus einem Fehlversuch eine Parabel für den Perfektionszwang der Gesellschaft.

Auch in der Küche ist die Ästhetik des Scheiterns ein Gamechanger. Gebt euren Gerichten verrückte Namen wie »Patanakao«, »Kranash« oder »Lamipaso« und aus einem Mettigel wird ein Genuss. Wem es nicht schmeckt, dem begegnet ihr mit der Formel: »Du kennst das nicht … krass. Hätte ich nicht von dir gedacht« und die Spülmaschine wird euch die leeren Teller danken.

Enttäuscht so lange die Erwartungen, bis euer Umfeld aufgibt. Ich habe 26 Semester studiert, mein Bachelor hat sich angefühlt wie ein Master of the Universe.

Akzeptiert eure Schwächen. Im Vergleich zu mir wirkt man leicht erfolgreich, selbstsicher, zielstrebig und kompetent. Man kann mich für Motivationsseminare buchen. Als Mahnmahl des Scheiterns. Macht euch keinen Stress. Niemand kann alles und alles wird gut.

Wir sind die goldene Mitte, ich bin Otto Normal,
feat. Max Mustermann aka Jan Fatal.
Wir sind Demos für das Klima,
wir sind kein Platz für Rassist*innen,
wir sind viele und wir stolpern,
doch wir bleiben Optimist*innen.
Der Flügelschlag des Schmetterlings
und tausend Lungen Luft.
Ja, wir seh'n nicht immer gut aus,
doch wer sagt, dass du das musst?
Okay, wir fahren auch mal Segway
und wir scootern durch die Städte,
wir sind standard, wir sind special
und wir bleiben, jede Wette.
Wir sind Fachkräfte für Alltag,
gegen uns wirkt Holz wie Gold,
und ihr könnt nicht alles schaffen,
aber bleibt doch, wie ihr wollt.
Macht was richtig, das ist wichtig,
aber gönnt euch auch das Scheitern,
manchmal kann man auch im Liegen
seinen Horizont erweitern.
Vielleicht brennt ihr für ein Thema,
vielleicht fehlt euch auch die Glut.
Ich bin mittelmäßig, aber,
Alter, darin bin ich gut.

Kapitel 1: Von Offenbach nach Berlin

Es ist 2011, ich sitze auf einem Holzwürfel in einem aufgegebenen Supermarkt in Offenbach und lese zum ersten Mal einen selbstgeschriebenen Text vor fremdem Publikum. Veranstalterin ist die Akademie für interdisziplinäre Prozesse, kurz AfiP. Sie haben den alten Schlecker gemietet, ihn provisorisch und kreativ in Stand gesetzt, sind Kunststudenten an der Hochschule für Gestaltung und werden schon in der ersten Heizperiode hart um die Location kämpfen.

Ich bin 29. Schule, Zivildienst, eine kaufmännische Ausbildung und aktuell studiere ich mehr oder weniger motiviert Germanistik. Ich bin im zwölften Semester und werde noch acht Semester brauchen, bis ich mit dem Studium abschließe. Ich arbeite als Security, Servicekraft, Barkeeper, als Kassierer und Eisverkäufer auf einer Burg, montiere Sonnenschutzsysteme, habe gerade in einem Callcenter und bei einem Gartenbaubetrieb gekündigt und bin damit beschäftigt, meine Wohnung und mein Studium zu finanzieren. Was Poetry Slam ist, weiß ich nicht.

Mein Stiefbruder hat mich zum Slam angemeldet. »Das wird gut«, »da muss man Texte schreiben und vortragen, das kannst du« und »jetzt ist es zu spät, du stehst schon auf der Liste«. Es gibt keine Bühne, 40 Menschen stehen im Kreis um einen Holzwürfel, auf dem die Auftretenden abwechselnd sitzen und stehen, um Texte vorzutragen, die sie in 15 Minuten spontan zur Musik einer Jazzband geschrieben haben. Themen und Pflicht-Begriffe legt das Publikum fest.

Der Abend ist schön, die Texte so gut, wie spontane Texte eben sind, es ist eine interessante Abwechslung, eine angenehme Erfahrung, es fehlen mir aber Zeit und Euphorie, das zu wiederholen. Es gibt andere Dinge zu tun.

Es ist 2019, ich arbeite als Sozialarbeiter und stehe im finalen Stechen der deutschsprachigen Meisterschaft. 4 000 Zuschauer*innen im Tempodrom in Berlin, Feature sind das Lumpenpack, die Stimmung ist wild und laut. 150 Startende der gesamten deutschsprachigen Szene sind angetreten, nach Vorrunde, Halbfinale und Finale sind es noch drei, die sich in der letzten Runde messen dürfen. Ich bin einer davon. In der ersten Reihe sitzt Claudia Roth, im Backstage knistert die Luft. Zwischen AfiP und Tempodrom ist eine Menge passiert.

Kapitel 2: Best-of

Holz

Fest verwurzelt in der Erden
steht das Holz, auch Baum genannt,
heute soll die Eckbank werden
frisch, Gesellen, seid zur Hand!

Falle! Falle
diese Esche,
daß die Fläche
kahler werde,
und mit reichem, vollem Knalle
scheppern Stämme auf die Erde.

Waldarbeiter, gar nicht träge,
sägen fleißig mit der Säge,
ritzeratze, voller Tücke,
in die Rinde eine Lücke.

Hinter einer Linde Rinde
wohnt die Made mit dem Kinde
Sie ist Witwe, denn der Gatte,
den sie hatte, fiel vom Blatte.

Sägeblätter, Sägezähne,
Dieseltreibstoff, Sägespäne
Robin Wood und Sherlock Holz
fällen hier mit Schweiß und Stolz.

Neuer Trieb ist noch ein Zwerg,
alter Baum im Sägewerk
und so werden Stammesbeuten
Bretter, die die Welt bedeuten.

Mmmh ... Holz. Holz arbeitet, Holz atmet, Holz wächst nach, Holz ist vegan. Holz brennt für ein Thema. Holz kann Armbrüste, Bettwäsche, Campingstühle, Damenuhren, Eisenbahnen, Fischerboote, Gartenzäune, Holzbeine, Imkerkästen, Jahrmarkstände, Kinderspielzeug, Losbuden, Marterpfähle, Nikoläuse, Ohrensessel, Postkästen, Querflöten, Riesenpferde, Schuhschränke, Tennisschläger, Uhrwerke, Vogelhäuser, Werkzeuge, Xylophone, Yogamatten, Zahnstocher und noch viel mehr.

Holz hilft gegen Vampire. Wer im Holzhaus sitzt, darf mit Steinen werfen. Holz ist ein erstklassiger Baustoff und ich wünschte, ich könnte damit umgehen, aber nein ...

Ich habe zwei linke Hände mit jeweils fünf Daumen, für Menschen wie mich liefert IKEA bei seinen Schränken inzwischen Nagelhalter mit. Neulich wollte ich einen IKEA-Schrank aufbauen und es wurde ein Bett.

Deswegen stehe ich jetzt im Handwerkskurs »Holzarbeiten für Männer«. Außer mir sind hier noch Ole, Holger, Raphael und Katrin, die direkt zu Anfang schon klargemacht hat, dass sie auf diese sexistische Kackscheiße keinen Bock hat.

Ralf, der Kursleiter, meint »Holz ist Holz« und damit ist die Sache ganz gut auf den Punkt gebracht. Wir bauen ein Vogelhaus. Find ich gut. Wenn es hässlich wird, steht es wenigstens nicht in der Wohnung rum. Und wenn ich mir meine Mitstreiter so anschaue, hat hier außer Katrin keiner die Kompetenz für Innenmöbel.

Raphael trägt eine Schutzbrille, eine Kettenschürze und feuerfeste Handschuhe. Ich glaube fast, er hat Angst vor Holz, denn er hat sich direkt freiwillig gemeldet, um den Verbandskasten zu betreuen. Sein bester Kunde ist Ole. Ole lernt scheinbar nur auf die harte Tour. Wo die Säge die Zähne hat, zum Beispiel, und wie spitz die sind. Also bekommt er jetzt von Ralf eine Kindersäge.

Holger ist ein Pragmatiker und sucht in den Holzresten nach passenden Stücken, damit er nichts schneiden muss. Katrin legt sich die Werkzeuge zurecht. Raphael zählt die Pflaster. Ralf macht eine Sicherheitseinweisung, niemand hört ihm zu. Ole hat einen Splitter in der Hand. Holger hat ein paar fast gleich große Bretter gefunden. Ich google »Bauanleitungen für Vogelhäuser«, weil ich Ralf nicht fragen will. Katrin misst und sägt. Holger fallen die Nägel vom Tisch, also entscheidet er sich, alles zu leimen. Ole tritt in einen Nagel. Katrin startet mit Haus Nummer Zwei. Ole tackert sich in die Leiste. Holger leimt sich selbst an einem Brett fest. Ole hobelt sich in die Handfläche. Das Regal mit den Brettern fällt um. Überall auf dem Boden ist Leim. Eine Wasserwaage brennt.

Ralf hat inzwischen angefangen, zu trinken. Er hat sich in kürzester Zeit mithilfe eines mitgebrachten hölzernen Flachmanns so richtig einen reingebimmelt und baut jetzt einen Holz Royce.

Raphael holt neue Pflaster. Ole übt jetzt mit einem kleinen Hammer das Nageln und erwischt prompt seinen Daumen. Ich sehe gerade ein Video über den Quetzal. Dieser Vogel ist bekannt für seinen bis zu einem Meter langen Schwanz. Die Männer sind beeindruckt. Ole haut sich vor Begeisterung einen Nagel ins Knie. Raphael fräst ein Loch in die Werkbank. Ole hat Sägespäne im Auge. Ralf atmet in eine Tüte. Katrin baut einen Balkon an ihr drittes Vogelhaus.

Ich denke, dass ich nicht fertig werde. Vor allem, weil ich noch gar nicht angefangen habe. Und damit bin ich nicht der Schlechteste. Ole ist so weit von einem fertigen Vogelhaus entfernt wie Pinguine vom Nordpol. Raphael hat nur gepflastert. Was Holger gebaut hat, sieht aus wie ein Picasso – und das meine ich nicht als Kompliment.

Eine große Kuckucksuhr beendet den Kurs und erschreckt Ole so sehr, dass er aus Versehen die Kreissäge startet. Die gute Nachricht ist: Er hat jetzt etwas mehr Spielraum in Handschuhen.

Katrin verkauft uns ihre fertigen Vogelhäuser. Ralf versucht, uns seine Enttäuschung nicht spüren zu lassen.

Weil es ein Vogelhaus zu wenig gab, gehe ich mit einem Vintage Regal nach Hause. Eine schmale Struktur in Holzoptik. Unbehandelt. Ohne Befestigung ... Okay, es ist ein Brett.

Als ich abends in meinem Schrankbett liege, habe ich das gute Gefühl, etwas geschafft zu haben. Da ich Holz jetzt beherrsche, widme ich mich neuen Herausforderungen. Nächste Woche schweiße ich Stahl. Und falls ich doch mal überfordert sein sollte, bin ich vorbereitet. Ich hab jetzt nämlich die Nummer von Katrin.

Paul

Pauls Selbstbild ist gemalt von einem Kindergartenkind, in dessen Wasserfarbkasten nur noch grau übrig war. Paul ist der Schlitzschraubenzieher, wenn du eine Zange brauchst, die wasserfeste Handyhülle, wenn ein Panzer dein iPhone überfährt, der scheinbar freie Parkplatz in der Innenstadt, in dem ein Smart steht. Paul ist ein Pechvogel und ein Glücksdrache gleichzeitig.

Ich will nicht sagen, dass er computerspielsüchtig ist, aber es gab mal einen Sommer, da hat er weniger Sonne gesehen als die Finnen im Winter.

Paul ist kurz vor dem Abrutschen, aber eben immer noch davor. Er funktioniert wie ein Uhrwerk: Manchmal hat er Ticks, manchmal bleibt er stehen, manchmal ist er schwer zu reparieren.

Ich will nicht sagen, dass Paul nikotinsüchtig ist, aber wenn er mal eine Stunde lang keine Zigarette raucht, dann ist er wahrscheinlich nicht bei Bewusstsein.

Er ist auch nicht magersüchtig, aber wenn ihn jemand fragt, ob er zugenommen hat, dann sieht er wieder ein Pölsterchen, eine Stelle, die zu rund ist, einen Makel, irgendwas, das wegmuss, und wenn es ihn erwischt, dann isst er ein paar Wochen lang so wenig er kann.

Paul ist in keiner Behandlung und keiner Klinik, er hilft sich nicht selbst, es geht halt meistens gut. Und wenn es mal nicht gut geht, dann stellt er sich vor, er wäre ein Roboter, dessen Solarzellen keine Sonne abbekommen – vielleicht muss auch nur ein ganz wichtiges Update installiert werden. Paul liegt dann viel. Im Bett, auf der Couch, im Park. Auf den Rücken legen, das ist wichtig. Wenn man sich auf den Bauch legt, schaut man auf den Boden, wenn man auf der Seite liegt, ist die Welt gekippt, liegt man auf dem Rücken, sieht man unendlich weit.

Einfach mal liegen und feststellen, dass man für die Rotation der Welt nicht verantwortlich ist. Wie ein Karussell dreht sie sich einfach immer weiter, selbst wenn man nicht im kleinen roten Feuerwehrauto sitzt.

Ich will nicht sagen, dass Paul medikamentenabhängig ist, aber er nimmt Kopfschmerztabletten prophylaktisch, jeden Abend seit drei Jahren. Und tatsächlich, keine Kopfschmerzen. Genau wie davor.

Das Schönste an Paul, sagt Paul, sind die Daumen. Die sind so symmetrisch, kräftig, kompakt. Wobei, schön ... Na ja. Wenn man einen hässlichen Hund hat, dann ist das Schönste am Hund ja nicht direkt schön. Das Schönste am hässlichen Hund ist, dass alle denken, man sei ein guter Mensch. Und der Hund merkt, dass die anderen Welpen ein »Aaaaaw« zu hören bekommen und er ein »Oh«. Er sieht aus wie die fleischgewordene Kinderzeichnung eines hyperaktiven Jungen, dessen eines Brillenglas zugeklebt ist. Paul hat keinen Hund. Aber wenn er einen hätte, dann wäre ihm egal, ob der Hund schön ist oder nicht. Überhaupt ist Paul eine ganze Menge egal. Er ist kein Segelschiff auf Weltreise, sondern eine Boje, mit Ketten am Boden fixiert.

Ich will nicht sagen, dass Paul spielsüchtig ist, aber wenn er ins Casino geht, dann setzt er sich ein Limit und verzockt trotzdem alles, was er besitzt.

Er ist kein Alkoholiker, aber wenn Paul mal Saft im Haus hat, dann nur um zu mischen.

Inzwischen ist Paul sehr gut darin geworden, Paul zu sein. Das war auch schon anders. Es gab eine Zeit, da haben sich alle immer Sorgen gemacht, weil er der Typ ist, der eher nicht so gut klarkommt, und wenn der Boden auch nur eine Stelle hat, die leicht zum Stolpern einlädt, dann nimmt er sie mit. Paul findet Fettnäpfchen wie Deutschlehrer Rechtschreibfeler.

Doch mit der Zeit haben sich die Sorgen abgerieben wie Hornhaut, steter Zweifel höhlt das Sein. Paul hat sie überlebt, die Pubertät, die Schule, das Mobbing. Sein Mangel an Ambitionen hat ein historisches Nummernschild. Der Trick ist einfach: einen Fuß vor den anderen setzen, einatmen, ausatmen. Man hat ja keine Wahl. Und wenn Paul denkt, dass jemand denkt, er müsse sich doch eine Sorge machen, dann lügt er wie kein Zweiter sein Leben zurecht, bis es in jedes Schema passt. Nur nicht zur Last fallen, nur nicht anders sein, wenn alle schauen.

Paul ist ein Rad in einer riesigen Maschine, ein Seiltänzer in der Welt des erreichbaren Überflusses, das Auto, das kurz vor der Kollision automatisch bremst, immer wieder.

»Ich könnte jederzeit aufhören« und »Mir geht's doch ganz gut« sind die Türme seiner Burg aus Fantasie, Plastik und Staub, die von außen strahlt und nach innen schimmelt.

Ich will nicht sagen, dass Paul kaufsüchtig ist, aber der DHL-Mann hat einen Zweitschlüssel für seine Wohnung. Und wenn da mal wieder ein Paket steht, dann weiß Paul schon gar nicht mehr, was das für ein Gefühl war, als er unbedingt einen Käsehobel in Form einer Maus brauchte.

Er ist weder drogen- noch mediensüchtig, aber wenn er nicht täglich vor YouTube sitzt und kifft, wird er unruhig.

Paul ist eine Handbreit vom Scheitern entfernt. Sein Ziel ist, alt zu werden, denn die Geschichte wird von denen geschrieben, die überleben. Und eines Tages könnte er so alt sein, dass sein Lebenslauf ihm gehorcht wie der hässliche Hund, der dann schlafend zu seinen Füßen liegt. Dann wird sein Leben gewesen sein, wie er wollte, mit Filzstiften das Selbstbild verbessert, ein paar Abenteuer erfunden und das Fett weggeschnitten. Solange die Süchte ihn nicht kriegen und liegen hilft. Ich würde gerne sagen, dass Paul Hilfe braucht, aber Paul will das nicht.

Mamma Mia

Meine Mutter spielt Mensch ärgere Dich nicht und ärgert sich. Meine Mutter hat einen Meisterbrief und kann erstklassig einparken. Meine Mutter macht Mittagsschlaf.

Meine Mutter schaut und liest sehr gerne Krimis. Ich glaube, wenn sie einen Mord planen würde, käme sie davon.

Die Philosophie meiner Mutter lässt sich in einfachen Sätzen zusammenfassen:

> Wer billig kauft, kauft teuer.
> Nimm einen Schirm mit!
> Zieh dich warm an!
> Mund zu beim Kauen!
> Wie heißt das Zauberwort?
> Mit Essen spielt man nicht!
> Geh vorher nochmal aufs Klo!
> Schau da nicht so hin!

Meine Mutter ist recht klein. Aber nur außen, innen ist sie ganz groß. Sie ist auch sehr stark, aber nicht im Bankdrücken, sondern da, wo es eine Bedeutung hat.

Meine Mutter kennt mehr Geburtstage als Facebook. Und sie geht mit den Daten sensibler um.

Manchmal macht meine Mutter mir Mut – Muttivation.

Im Haus meiner Mutter herrschen Sauberkeit und Ordnung, nur in der Tupper-Schublade regiert das blanke Chaos.

Meine Mutter wird regelmäßig geblitzt, weil sie mit ihrem kleinen roten Auto in der Stadt konsequent 60 fährt.

Meine Mutter ist fantastisch im Fensterputzen, und wenn eine Taube gegen das frisch geputzte Fenster klatscht und stirbt, dann ist sie traurig, aber auch ein klein wenig stolz.

Die Haarfarbe meiner Mutter hat sich im Laufe der Jahre verändert, genau wie unsere Beziehung.

Meine Mutter war alles und ich war nur Sohn. Sie musste mit mir zurechtkommen, als ich selbst nicht so gut mit mir zurechtgekommen bin, und sie war besser darin als ich.

Meine Mutter kennt fünf Schimpfworte und sicher 200 erstklassige Rezepte, bei mir ist es eher umgekehrt.

Meine Mutter hat mir beigebracht, dass man sich Montag und Freitag nicht krankmelden darf, sonst denken alle, man wolle sich nur ein langes Wochenende sichern. Krankheit hat sich gefälligst von Dienstag bis Donnerstag abzuspielen!

Meine Mutter spielt Canasta und ihr zuliebe tue ich so, als wüsste ich, was das ist.

Meine Mutter macht sich morgens Frühstück, mittags Mittagessen, abends Abendessen, und dazwischen macht sie sich Sorgen.

Ein klassischer Dialog mit meiner Mutter geht so:

Sie: Vorsicht!
Ich: Ja!
Sie: Kann ich was tun?
Ich: Nein.

Sie: Kannst du das auch?
Ich: Mama!
Sie: Na gut.
Ich: Mist.

»Ich kann so alt sein, wie ich will, ich bleibe das Kind meiner Mutter«, sagt meine Mutter. Und: »Das musst du selbst wissen«, wenn sie mit etwas nicht einverstanden ist, das keinen Streit wert ist.

Wenn meine Mutter mir böse ist, weil ich mich falsch verhalten habe, was beides überraschend selten vorkommt, sage ich gerne: »Das habe ich von dir.«

Meine Mutter hat diesen Text gehört und ihn erlaubt.

Die Schimpfworte, die meine Mutter benutzt, sind »blöde Kuh«, »Blödmann«, »Idiot«, »Mist« und das fünfte darf ich nicht sagen. Sie flucht nicht regelmäßig und bloß sehr verhalten, aber wenn jemand mit weniger als 60 km/h durch die Stadt fährt und sie es eilig hat, dann ist das schon ein »Blödmann« wert.

Meine Mama kann sehr gut Stärke zeigen und weniger gut Schwäche. Das habe ich kopiert.

Wenn ich mich bei ihr bedanke, winkt sie nur ab. Wenn ich ihr winke, winkt sie allerdings zurück. Also winke ich öfter als ich danke sage. Meine Mutter hat einen sehr guten Humor. Wenn man mit uns beiden am Tisch sitzt, ist es für uns oft lustiger als für andere.

Meine Mutter ist der Meinung, ich habe jetzt genug über meine Mutter gesprochen. Das interessiere die Leute doch gar nicht. Andere Kinder haben auch schöne Mutter. Und wahrscheinlich ist es so wie meistens, auch wenn man das nicht so gerne zugibt: Sie hat recht.

Wald Thing

Zwischen dichten Fichten, übermannshohen Tannen,
wo Spinnen Gespinste in die Astgabeln spannen,
spielen Hase und Rehkitz, Bache und Keiler,
zwischen Moos und Gewächs, Wiese und Weiler.

Spechte morsen Gruselgeschichten für die Mäuse,
der Boden ist voll Leben, die Blätter voll Läuse,
Vögel zwitschern, in der Ferne grillt die Grille.
Die Stimme des Waldes schwingt dezent durch die Stille.

»Anna, Hassan, Mirjam, Leo, Fabian, Cansu, Dennis, Songül, Justin, Albert, Katharina, Steve, kommt mal her! Durchzählen! Zwölf. Okay. Los geht's!«

Ich bin auf Walderkundung mit zwölf Grundschulkindern. Damit die kleinen städtischen Smartphone-Profis mal was über die Natur lernen. Ich zeige auf eine Pflanze: »Wisst ihr, was das ist?«

»Ein Baum«, sagt Fabian.

»Fast«, sage ich. »Das ist eine Brennnessel.«

»Au«, sagt Dennis, der sie natürlich angefasst hat.

»Wisst ihr, was *das* ist?«, frage ich. So schnell gebe ich nicht auf.

»Eine Brennnessel«, antwortet Justin.

»Fast. Das ist eine Sonnenblume.«

»Und was ist das für eine Pflanze?«, fragt Albert.

»Das ist ein Stein.«

»Ich habe auch einen Stein«, sagt Steve.

»Nein, du hast Hundekot, leg den bitte wieder weg.«

»Katharina hat einen Vogel getötet«, ruft Hassan aufgeregt.

»Hab ich nicht!«, sagt Katharina, die gerade ein Selfie mit einer toten Amsel macht.

»Wusstet ihr, dass Tannenzapfen nach der Fibonacci-Folge[1] angeordnet sind?«, versuche ich nochmal mein Glück.

»Was sind Tannenzapfen?«

»Wer hat die angeordnet?«

»Was ist Fibonacci?«

Bevor ich antworten kann, meldet sich Mirjam: »Mein Handy sagt, das sind Kiefernzapfen. Weil Tannenzapfen wachsen nach oben und Kiefernzapfen nach unten.«

»Mein Papa ist Kiefernorthopäde!«, ruft Justin stolz.

»Genau. Und da hinten läuft ein Einhörnchen den Baum rauf«, antworte ich. Die Kinder folgen neugierig meinem Blick.

»Mein Handy sagt, es gibt keine Einhörnchen!«, sagt Cansu.

»Ihr packt jetzt mal alle eure Smartphones weg!«, beschließe ich.

»Aber ich habe so eine App, die kennt alle Pflanzennamen.«

»Schön für die App. Aber ihr sollt das selbst wissen.«

»Wieso?«, mischt Albert sich ein.

»Weil … Vielleicht gibt es irgendwann keine Smartphones mehr.«

1 Als Fibonacci-Folge bezeichnet man eine bestimmte Zahlenfolge, die Anwendung in den Naturwissenschaften findet. Sie beginnt mit zwei Einsen. Jedes weitere Glied der Folge ist die Summe der beiden vorhergehenden Glieder: 1 - 1 - 2 - 3 - 5 - 8 …

Erschrockene Blicke.

»Wieso?«, will Hassan wissen.

»Weiß ich nicht. Vielleicht kollabiert die Weltwirtschaft und es gibt keinen Strom mehr.«

»Sicher wegen Trump«, meint Leo.

»Nein, nicht wegen Trump.«

»Wieso dann?«

»Das ist doch jetzt egal. Was machst du denn, wenn du im Wald bist und dein Akku ist leer?«

»Ich habe eine Powerbank«, ruft Cansu stolz.

»Die ist auch leer.«

»Wieso bin ich im Wald?«, fragt Mirjam.

»Vielleicht, weil Zombies in der Stadt sind«, meint Fabian.

»Nein, es sind keine Zombies in der Stadt.« Langsam verliere ich die Geduld.

»Warum sind wir dann im Wald?«, fragt Mirjam wieder.

»Weil euch jemand ausgesetzt hat.«

»Wer?«, fragt Dennis

»Irgendwer.«

»Wieso?«, fragt Fabian.

»Wegen Trump!«

Das stellt die Kinder zufrieden.

»Leo, heb sofort das Bonbonpapier auf!«

»Aber ich lege eine Spur. Wie bei Hänsel und Gretel. Damit wir zurückfinden.«

»Hänsel und Gretel haben Brotkrumen ausgelegt«, meine ich.

»Meine Mama sagt, Essen wirft man nicht weg«, ruft Hassan.

»Außerdem …,« holt Leo aus, »… haben die Vögel das Brot gefressen. Wenn sie Müll ausgelegt hätten, wären sie nicht verloren gegangen.«

Das ist ein bisschen dumm und ein bisschen schlau.

»Schaut doch mal, was für Tiere ihr hier im Wald findet!«

»Ich hab einen Vogel«, sagt Katharina.

»Hier sind Spinnen«, berichtet Hassan.

»Iiiiiih!«, macht Justin.

Songül entdeckt eine Schnecke.

»Schau mal, Dennis, sogar die Schnecke hat ein Haus. Und deine Eltern haben nur eine Wohnung.«

»Durchzählen!«, rufe ich, um die Situation zu retten. »13. Hä? Wer bist du denn?«

Vor mir steht ein kleiner, neugieriger Junge.

»Max«, antwortet er fröhlich.

»Herr Cönig, lebt Max hier im Wald?«, fragt Justin.

»Ja«, antworte ich.

»Und wo sind seine Eltern?«

»Die sind weg.« Max weint.

»Vielleicht rufst du seine Eltern mal an, Herr Cönig«, flüstert Albert.

»Gute Idee. Aber mein Akku ist leer.«

»Hast du keine Powerbank?«

»Nein, ich habe keine Powerbank.«

»Haben deine Eltern dich auch im Wald ausgesetzt, Herr Cönig?«

»Nein, das haben sie nicht!«

Die Eltern von Max kommen vorbei, packen ihren völlig verstörten Sohn und gehen kopfschüttelnd weiter.

»Wisst ihr«, erkläre ich den Kindern, »die Natur ist sowas wie die Powerbank von uns Menschen.«

»Kann man mit Natur sein Handy laden?«

»Nein, nicht direkt. Die Natur gibt uns Kraft und Energie und Sauerstoff. Wir brauchen die Natur wie das Handy die Powerbank.«

»Und was ist mit den Tieren?«, fragt Songül.

»Was soll denn mit den Tieren sein?«

»Ist die Natur für die Tiere auch eine Powerbank?«

»Ja. Die Natur ist für alle eine Powerbank.«

»Nicht für meinen Vogel, der ist tot«, meint Katharina.

»Auch der ist Teil vom natürlichen Kreislauf.«

»Ich glaube, wir sind auch im Kreis gelaufen«, sagt Leo »Hier liegt ein Bonbonpapier! Nee, ist gar nicht meins.«

»Vielleicht hat jemand anders auch eine Spur gelegt«, überlegt Albert

»Nein«, sage ich »Das ist einfach nur Müll, den irgendwer in den Wald geworfen hat.«

»Aber wieso machen die Leute das, Herr Cönig?«

»Weil sie nicht nachdenken.«

»Das ist doch voll dumm!«

»Also ich passe auf meine Powerbank immer gut auf.«

»Haben die keinen Herr Cönig, der ihnen das verbietet, Herr Cönig?«

»Nein, das haben sie nicht.«

»Können wir hier bitte aufräumen, Herr Cönig?«

»Ja, von mir aus.«

»Darf ich meinen Vogel mit nach Hause nehmen, Herr Cönig?«

»Auf gar keinen Fall!«

Zwischen dichten Fichten, übermannshohen Tannen
fangen die Kinder an, den Müll einzusammeln.
Neugierig gehen wir dann noch etwas weiter
über Moos und Gewächs, Wiese und Weiler.

Spechte morsen Gruselgeschichten für die Kleinen,
die ohne App und Smartphone so richtig glücklich scheinen.
Vögel zwitschern, in der Ferne lachen die Bachen.
Die Natur ist perfekt,
wenn wir sie nicht kaputt machen.

Bonusmaterial: Total Digital

Zwölf Augenpaare schauen mich neugierig an. Nach unserem Abenteuer im Wald geht es jetzt um das spannende Thema Digitalisierung.

»Hallo Kinder«, sage ich, »Ich will mit euch heute über digitale Medien reden.«

»Hast du Fragen?«, fragt Anna.

»Nein, danke, ich weiß alles.«

»Niemand weiß alles«, sagt Anna.

»Google weiß alles«, sagt Hassan.

»Niemand außer Google weiß alles«, sagt Anna.

»Kennst du Gott?«, fragt Justin.

»Kinder! Also, wer von euch benutzt denn regelmäßig Facebook?«

Niemand meldet sich.

»Mmh ... Okay ... Mist. Aber ihr kennt doch Facebook?«

»Na klar!«, sagt Songül »Da sind doch die ganzen Erwachsenen.«

»Und wo seid ihr so?«

»Instagram, YouTube, Snapchat, TikTok, ...«

»Okay. Also, bei Facebook ...« Ich bin etwas einseitig vorbereitet.

»Bist du nicht bei Instagram?«, fragt Songül mitleidig.

»Nein, leider nicht.«

»Hast du einen YouTube-Channel?«

»Ja, aber darum geht es nicht.«

»Willst du uns nicht lieber vor TikTok warnen?«

»Nein. Heute ist Facebook. Also, wenn ihr jetzt bei Facebook wärt, dann müsstet ihr sehr vorsichtig sein.«

»Wie mit Scheren?«, fragt Justin.

»Was?«, entgegne ich.

»Na, mit Scheren muss man immer vorsichtig sein.«

»Und mit Feuer!«, ergänzt Leo.

Die Gruppe nickt wissend.

»Kinder! Konzentration. Ganz wichtig ist, dass ihr im Internet, also auch auf Facebook, mit euren Daten und Bildern vorsichtig umgeht und sie nicht einfach mal so hochladet.«

»So wie die Erwachsenen das mit den Kinderfotos machen?«, fragt Cansu.

»Ja. Genau.«

»Vielleicht solltest du das denen mal erklären ...«, meint Mirjam.

»Ja, vielleicht mache ich das mal.«

»Ich ruf meine Mama mal an!«, sagt Fabian und packt sein Smartphone aus.

»Handys weg!«, rufe ich.

»Ich denke, wir reden heute über Handys!« bemerkt Dennis.

»Na und? Wir reden doch auch manchmal über Delfine und haben keine hier!«

»Ich hätte gerne mal Delfine hier«, murmelt Dennis.

»Das ist gerade nicht das Thema.«

»Was ist nochmal das Thema?«, fragt Steve.

»Das Thema ist ...«

»Babyfotos?«

»Delfine?«

»Feuer?«

»Dass Eltern Fehler machen?«

Ich gebe auf. Die Kinder sagen, ich sei gar nicht so schlecht gewesen. Und wenn ich noch Fragen habe, helfen sie mir gerne.

Kapitel 3: »Ich möchte mit dir Pferde stehlen oder Tauben rauben ...«

Zwischen meinem ersten und meinem zweiten Auftritt lagen zwei Jahre. Ich hatte noch ein paar Gelegenheitsjobs, um meinen Kühlschrank zu füllen, und arbeitete unter anderem als Barkeeper im Showspielhaus, einer Kleinkunstbühne im Rhein-Main-Gebiet. Mein Lieblingskollege war Robin Baumeister, ein Name, der aus Ken Follets Feder stammen, eine Statur, die aus einem He-Man-Comic entsprungen sein könnte, er in der Küche, ich an der Bar.

Irgendwie kam das Thema Poetry Slam auf. Robin war Feuer und Flamme. Die Texte, die Künstler*innen, die Shows! Ich dachte an die AfiP. 40 Menschen auf Stehplätzen, improvisierte Texte, ein Holzklotz und Jazz.

Das Gespräch wurde immer irritierender, bis irgendwann klar wurde, dass wir nicht das Gleiche meinten. Ich lernte noch am selben Abend über das Internet, dass Poetry Slam nicht nur bereits seit den späten 90ern in Deutschland existierte, sondern auch große Hallen füllte und im kompletten deutschsprachigen Raum Menschen begeisterte. Robin und ich schlossen einen Pakt. Wir würden gemeinsam auf einem Slam auftreten. Robins erster Auftritt und mein zweiter standen kurz bevor.

Es gab eine Seite namens myslam, auf der sich viele Veranstalter*innen eintrugen. Man fand dort Termine, Locations, Monatssieger*innen und Kontaktdaten – eine perfekte Datenbank für Newcomer*innen also.

Die größten Shows in unserer Nähe waren der Slam der Wilden Worte im Schlachthof Wiesbaden und der SlamFFM im Café1 an der FH. In Frankfurt kam man scheinbar leichter auf die Bühne. Auf einer Webseite fand ich eine E-Mail-Adresse, über die man sich anmelden konnte, außerdem eine Ampel, die zeigte, ob noch Plätze im Line-up frei waren.

Wir beschlossen, direkt nach der Arbeit loszulegen. Als unsere Schicht zu Ende war, fuhr ich nach Hause, setzte mich an den Computer und rief die Seite auf. Die Ampel zeigte grün für einen Termin in zwei Monaten. Während ich noch überlegte, ob das Ganze wirklich eine gute Idee war, kam eine SMS von Robin: »Ich habe es getan.« Da war nichts zu machen, ich musste nachziehen. Am nächsten Tag bekam ich eine Bestätigungs-Mail und einen gesteigerten Puls, Robin und ich waren dabei, jetzt brauchte ich nur noch einen Text.

Wenn man noch nie einen Text für einen Poetry Slam geschrieben hat und nur zwei Monate dafür Zeit hat, geht das nicht zwingend gut. Spoken-Word-Literatur ist komplex und ich hatte kaum Bühnenerfahrung. Es gibt Menschen, die instinktiv ein sehr gutes Gefühl für die Bühne haben und sofort auf einem sehr hohen Niveau schreiben. Ich gehörte nicht dazu. Mein erster Text ist zum Glück verschollen, aber ich erinnere noch zwei Dinge:

1. Ich hielt es für eine clevere Idee, einen zweiteiligen Text zu schreiben, damit das Publikum mich ganz sicher aus Neugier ins Finale wertet.
2. Folgende Zeilen waren Bestandteil dieses Textes:

Ich möchte mit dir Pferde stehlen
oder Tauben rauben.
Du musst nur meinen unglaublich
verliebten Augen glauben.

Es war ganz anders als in der AfiP. In der Info-Mail stand, wir sollten uns einfach an den wartenden Zuschauer*innen vorbeidrängeln, also nutzte ich Robin als menschliches Schild und wir schoben uns durch eine Schlange, die einmal um das Gebäude herumging.

Wir klopften an eine Glastür, nannten unsere Namen, wurden eingelassen und setzten uns in den Backstage, eine lederne Sitzgruppe am Rand des Zuschauerraums.

Es war eine komische Vorstellung, an diesem Abend Teil der Show zu sein, das Café füllte sich schnell, die anderen Auftretenden waren Profis, alles war überfordernd. Das Publikum wählte mich ins Finale, ich durfte noch ein paar unreine Reime vorlesen und dann war der Abend auch schon vorbei.

Kurze Zeit nach dieser Premiere gründeten Robin und ich ein Poetry-Slam-Team. Wir nannten uns »Team me up, Scottie« – ein Scherz, den außer Mike, ein amerikanischer Poet, der uns ab und zu auf Slams begegnete, niemand gut fand.

Robin war und ist der beste Teampartner, den man sich vorstellen kann. Ein massiver Sportler, intelligenter Denker mit einem ordentlichen Hang zum Blödsinn, der es im Gegensatz zu mir liebt, auf der Bühne zu stehen. Im Privaten eher ruhig, schaltete er regelmäßig drei Gänge hoch, sobald das Bühnenlicht brannte. Wir fuhren gemeinsam quer durch Deutschland, im Kofferraum stets Isomatte und Schlafsack, manchmal gab es eine Gage oder wenigstens die Fahrtkosten, aber eigentlich ging es uns nur um die Bühne.

Team-Texte lassen sich schlecht abdrucken, sie sind sehr performativ und die Dissonanz zwischen Präsentation und Lesevergnügen ist stärker als bei klassischen Slam-Texten. Auf YouTube findet man noch das ein oder andere Video von uns.

Die Zeit im Team war eine sehr schöne. Wir waren viel unterwegs, übernachteten auf Dachböden, aber auch in Hotels, lernten tolle Menschen kennen und schätzen. Das gemeinsame Schreiben machte eine Menge Spaß. Wir fuhren auf zwei deutschsprachige Meisterschaften und erreichten einmal das Finale, aber die Zeit war auch begrenzt.

»Team me up, Scottie« hat sich bis heute nicht aufgelöst, aber nach drei Jahren und 92 Auftritten war es Zeit für eine Pause. Es gab andere Projekte, die unsere Aufmerksamkeit brauchten, wir fanden nicht mehr die Zeit, uns zum Schreiben zu treffen, und Robin investierte mehr Energie in sein Physikstudium. Inzwischen hat er seinen Doktor.

Ich war akademisch nicht ganz so erfolgreich. Das Germanistik-Studium ließ ich nach 20 Semestern sausen, wechselte von der Universität auf die Fachhochschule und begann ein Studium der Sozialen Arbeit. Mein Ziel war, so schnell wie möglich meinen Abschluss zu machen. Ich hatte schon länger mit depressiven Episoden zu kämpfen und musste aus dem alten Teufelskreis aussteigen. Um zu studieren, ging ich arbeiten, weil ich zu viel arbeitete, fand ich keine Zeit, zu studieren, und dadurch stiegen Zweifel und Zukunftsangst, mit denen ich weder arbeiten noch studieren konnte.

Ich brauchte aber nicht nur Geld, sondern auch einen Ausgleich zum Alltag und musste unter Leute kommen. Die Lösung für all meine Herausforderungen war schnell gefunden: Ich musste mit Poetry Slam genug Geld verdienen, um über die Runden zu kommen. 1 000 Euro pro Monat reichten in der Regel für Wohnung, Einkauf, Internet, Strom, Auto, Handy und alles. Das waren 20 Auftritte mit einer Gage von 50 Euro. Es brauchte nicht leicht sein, ich war Kummer gewöhnt. Doch es wurde schwerer, als ich dachte.

Ich stand zwar schon seit ein paar Jahren auf der Bühne, aber kaum jemand kannte mich als Solo-Künstler. Poetry Slam ist eine freie Kunst, es gibt endlose Veranstaltungsmodelle mit unterschiedlich hohen Budgets und die gutbezahlten Auftritte sind rar und hart umkämpft. Von mir gab es keine hochwertigen Videos, keine mündliche Empfehlung, ich hatte keine Titel, und wenn ich auf einem Slam die Chance hatte, gegen Profis anzutreten, hatte ich mit meinen ungeschliffenen Texten das Nachsehen und blieb nicht im Gedächtnis.

Ich suchte noch nach meinem Stil, fühlte mich auf der Bühne selten wohl und das Booking hatte sich an mir vorbeiverändert. myslam gab es nicht mehr. Um als Newcomer an Auftritte zu kommen, musste man wissen, wer wo veranstaltete. Es entstand ein Vakuum, unter dem besonders die litten, die noch nicht so gut vernetzt waren. Dummerweise war ich gerade jetzt darauf angewiesen, Geld zu verdienen.

Eine Möglichkeit, auf Bühnen zu kommen, die mir sonst nicht offenstand, waren Themen-Slams. So kam ich nicht nur zu genügend Schreibanlässen, sondern auch zu einigen gut bezahlten Auftritten. Einer dieser Auftritte sollte in Heidelberg stattfinden, gesucht wurde ein Text zum Thema Ernährung. Ich meldete mich an und begann, mir Gedanken zu machen. Das Thema Ernährung ist nicht übermäßig kompliziert, ich esse ganz gerne, außerdem hatte ich schon über Luther geschrieben, Freitag den 13., das Ehrenamt, Europa, die Bedeutung von Sanitäranlagen in Entwicklungsländern, Tretboote, Nachhaltigkeit, Nintendo, Mobilfunk – da war Ernährung doch kein Problem. Ich hätte ein ganzes Buch über Schokolade schreiben können, aber irgendwie passte das nicht.

Ich hatte schon immer das Problem, dass ich niemandem meine Meinung aufdrängen möchte. Ob das gut ist, weiß ich nicht, aber am liebsten biete ich verschiedene Positionen an und das Publikum bildet sich seine eigene Meinung. Die Bühne ist ja kein Schaufenster, ich bin am Mikrofon nicht ich selbst und muss keine Prinzipien verteidigen.

Schließlich kam ich auf eine ziemlich simple Lösung für die Umsetzung des Themas Ernährung. Ich erfand eine WG, in der ich als mehr oder weniger stiller Beobachter mit zwei zementierten Positionen konfrontiert war. Da war einerseits Nils, eine sensible und empathische Person, die sich viel um andere kümmerte, sich vegan ernährte und neuen Ideen gegenüber aufgeschlossen war. Auf der anderen Seite stand Müller, der stolz war auf den Konsum von tierischen Produkten, der eine toxische Vorstellung von Männlichkeit hatte und seinen Standpunkt laut und wild verteidigte.

Der Text schrieb sich fast von selbst und auch nach dem Auftritt verschwanden die zwei Mitbewohner nicht aus meinem Kopf. Sie stritten und diskutierten über so viele Themen, dass ich am Ende 45 Geschichten über die WG in der Schublade hatte. Die komplette Sammlung mit dem Titel »Küss die Taube!« findet man übrigens auf Spotify.

Kapitel 4: Küss die Taube!

Die Friedenstaube

Es ist 9:30 Uhr, ich sitze in der Küche und mache mir Kakao. Erst etwas Milch, dann das Kakaopulver und schließlich wieder Milch. So lange ich denken kann, starte ich so meinen Tag. Als Kind war es Nesquik, als Jugendlicher Nesquik, als Erwachsener Nesquik. Mein Morgenritual. Die Chance, dass der Tag gut wird.

Nils, mein Mitbewohner, kommt in die Küche.

»Nesquik?«, fragt er.

Ich nicke.

»Von Nestlé?«

Ich nicke.

»Du weißt schon, dass das Schweine sind? Der Kakao kommt von der Elfenbeinküste. Da gibt es Kindersklaverei. Für Nestea werden Tierversuche in Amerika durchgeführt. Und das ist längst noch nicht alles.«

Müller kommt dazu. Unsere Nummer drei.

»Hältst du hier wieder deine Veganer-Monologe?«, fragt er Nils und lacht. Nils lacht nicht.

»Ich kann nicht verstehen, wie man seine moralische Verpflichtung so überhaupt nicht fühlen kann. Gerade bei der Ernährung.«

Müller bleibt entspannt. »Das ist ein Talent.«

Nils wird ernst. »Ich sage dir mal was: Wer nicht imstande ist, zu schlachten, der sollte auch kein Fleisch essen.«

Müller fängt an, sich auszuziehen.

»Was soll das denn jetzt?«, fragt Nils.

»Ich spinne deinen Gedanken mal weiter. Ich habe nicht die geringste Ahnung, wie diese ganzen Sachen hergestellt werden. Ich kann keine Jeans klöppeln, nix färben, ich weiß nicht, wie Baumwolle funktioniert.«

Nils verdreht die Augen. »Ich diskutiere nicht mit dir, wenn du nackt bist. Nicht schon wieder.«

Müller bleibt noch ein paar Minuten nackt, dann wird ihm langweilig. Nils schüttelt den Kopf. »Das ist so übertrieben.«

»Nein. Das ist absolut. Und genau das finde ich so scheiße an euch Veganern. Das Prophetische. Ich erzähle doch auch nicht ständig davon, wie der Käse mich auf den richtigen Weg gebracht hat, wie Eier den Geist öffnen und Fleisch mich zu einem ganz neuen Menschen gemacht hat.«

Nils schüttelt den Kopf. »Als wäre jeder Veganer aggressiv!«

Eine weiße Taube fliegt in die Küche.

Müller sagt: »Küss die Taube!«

Nils: »Was? Nein!«

Müller: »Wenn du Tiere so sehr liebst, dann beweise es und küss die Taube!«

Nils: »Im Gegensatz zu Menschen sind Tiere nicht böse.«

Müller: »Sagst du. Wir hatten mal eine Katze, die war ein richtiges Arschloch. Lass doch Jan seinen Kakao trinken. Er kauft das Produkt, nicht die Philosophie.«

Nils: »Du würdest wohl auch von den Hitlers Kinderspielzeug kaufen.«

Müller: »Nee. Aber deine Klamotten kommen halt auch aus China. Und jetzt küss die Taube!«

Nils: »Ich will die Taube nicht küssen.«

Müller: »Aha! Du bist gar kein Tierfreund! Du folgst nur der Strömung. Als Kind hat dir Fleisch nicht geschmeckt und von Milchprodukten musst du pupsen, also wirst du mal schön hip und vegan.«

Nils: »Zeig mir doch mal, was du für ein toller Fleischfresser bist, und friss die Taube!«

Jetzt ist der Punkt gekommen, an dem ich mich einmischen muss. »Mir schmeckt doch kein anderer Kakao!«

Das haben wir getestet. Es war Sonntag. Vor mir standen 30 Tassen mit Kakao. Es gab Fertigmischungen, Pulver, Kakao mit Milch, Kakao mit Wasser, handgemixt, maschinenproduziert, heiß, kalt, bitter, süß. Ich wurde gezwungen, sie alle zu trinken. Zehn Liter Milch. Zehn Liter Milch, um festzustellen, dass ich leicht laktoseintolerant bin. Zehn Liter Milch, um festzustellen, dass der menschliche Körper keine zehn Liter Milch verträgt. Keiner. Niemals.

»Küss die Taube!«

»Friss die Taube!«

Müller hebt den Zeigefinger. »Ein Löwe isst Fleisch.«

Nils zuckt die Achseln. »Ein Gorilla isst kein Fleisch. Und jetzt?«

Die Taube schaut fieberhaft, ob sie in der Küche etwas Essbares finden kann. Fehlanzeige. Hab ich auch schon gemacht.

Ich habe übrigens mal eine Zeit lang auf Nesquik verzichtet. Drei harte Wochen. Ich bin zum Schokoleriker geworden. Ich habe Kindern die Trinkpäckchen aus der Hand geschlagen und sie zum Platzen gebracht, im Supermarkt Glasflaschen mit einer Steinschleuder zerschossen und in jeder Küche Kakao- gegen Kaffeepulver ausgetauscht. Was ich nicht haben konnte, sollte auch niemand anderes haben.

Müller holt nochmal aus: »Der Welthunger ist ein Problem von Hierarchie, Gesellschaft und Wohlstand, nicht von Fleisch. Fleisch macht stark. Kein Fleisch – kein stark.«

Nils macht demonstrativ 50 Liegestütze. Müller macht 20 Liegestütze und kotzt auf den Küchenboden. Die Taube flattert neugierig dazu und pickt in den Brocken.

Nils: »Jetzt werde ich sie erst recht nicht mehr küssen.«

Müller: »Das hat nichts mit Fleisch zu tun. Nur mit Bier. Ich bin starrrk!«

Müller versucht, die Waschmaschine hochzuheben, und verletzt sich. Nils fährt ihn ins Krankenhaus. Die Taube und ich bleiben zurück. Ich nenne sie Taubias.

Der Tag vergeht, aber etwas bleibt: »Küss die Taube!«

Supermarkt I

Vergiss den klassischen Markt, komm in den Supermarkt! Hier gibt es prallgefüllte Regale, perfekt sortierte Ware, regionale Angebote, internationale Importe, alles für den Haushalt, Obst und Gemüse frisch, die Kühltruhe kalt, das Fleisch reichlich, die Alternativen auch.

Ganz viel Bio, Fertiggerichte für Pragmatiker*innen, feinste Zutaten für Feinschmecker*innen und das Personal liebt die Arbeit, die Lebensmittel und wahrscheinlich auch dich.

Die Gänge sind poliert und sauber, die Einkaufswagen gleiten geräuschlos von A nach B, selbst der Piepton des Scanners ist perfekt komponiert.

Als wir unseren Supermarkt betreten, sieht es leider anders aus: Mit Druckstellen übersäte Obstreste, abgebrochenes Gemüse, die Einkaufskörbe liegen auf dem schmutzigen Boden verstreut, es riecht nach Gefahr.

Verdellte Konservendosen kullern über den Boden, in der Ferne kollidieren Einkaufswagen miteinander. Die Regale, die wir sehen, sind leer, Paletten blockieren die Gänge, Rauch liegt in der Luft.

»Welcher Depp geht denn auch am 31. Dezember einkaufen?«, unterbricht Nils unser Schweigen. Er bekommt keine Antwort.

»Wir brauchen einen Wagen. Bleibt, wo ihr seid«, sagt Müller und springt mit einem Kampfschrei über eine Palette.

»Was steht auf dem Einkaufszettel?«, fragt Nils.

Der Zettel ist wie immer eine Katastrophe. Müller hat alle Notizen von Nils kommentiert oder durchgestrichen, dann hat Nils mit Edding nachgeschrieben und wahllos das Wort Bio vor Müllers Wünsche gesetzt.

»Bio-Dosenbier, Raclettekäse, Schnaps-Salami«, lese ich vor. Nils schaut ängstlich in einen Gang, in dem zwei alte Damen sich einen bedingungslosen Kampf um den letzten Christstollen liefern. Das Geräusch der kollidierenden Rollatoren erinnert an die Revierkämpfe der Hirsche mit ihren prächtigen Geweihen.

»Wollen wir nicht einfach eine Pizza bestellen?«, fragt Nils zaghaft.

»Nix da!«, tönt Müller von Weitem. Er hat einen Einkaufswagen. Einen vollen, aber schäbigen Einkaufswagen. Die Metallstäbe sind verbogen, die Vorderräder sind gebrochen, wo er langfährt, hinterlässt er tiefe Spuren im Boden. Und Müller selbst sieht nicht viel besser aus: Seine Jacke ist zerrissen, er trägt einen Fetzen seines Shirts als Stirnband und ist blutüberströmt.

»Das ist größtenteils Tomatensoße«, versichert er.

Wir kommen nicht dazu, Fragen zu stellen, denn der eigentliche Besitzer des Wagens ist uns bereits auf den Fersen. Ich schiebe, Nils drückt sich dicht an mich und Müller räumt uns den Weg frei. Silvesterraketen explodieren über unseren Köpfen. Hektisch dreinblickende Männer und Frauen tragen Kartoffelsäcke, die Snacks sind geplündert, sogar von Salzstangen und Zwieback ist keine Spur mehr zu sehen.

Die Stimmung ist aggressiv. Nervenschwache Kunden verbarrikadieren sich in den Kühltruhen, an der Fleischtheke gibt es nur noch blutige Spuren in der Auslage. Das Personal hat den Laden längst aufgegeben.

Aus einer Burg aus Butterpäckchen verteidigt ein Rudel Raclettefreund*innen mit allen Mitteln das letzte Päckchen Käse. Wir erreichen den Sekt. In den Scherben zerbrochener Flaschen wird um die verbliebenen Alkoholika gekämpft. Hinter uns drückt der Kartoffelmob, vor uns brennt eine Palette.

Müller schnappt sich eine Flasche Robbie-Bubble-Kindersekt und schlägt eine Schneise in die Menschenmenge. Der Kartoffelmob versucht, sich durch den Gang zu pressen. Die Siegerin des Christstollenkampfes setzt ihren Rollator ein und mittendrin schreit ein kleines Mädchen. Ein ängstliches, kleines Mädchen. Nils ist das kleine Mädchen.

Der Anblick erinnert an die Schlacht um Minas Tirith und wir sind die Orks. Wir haben keine Chance. Irgendwann verliert Müller die Flasche, dann verliert er an Boden. Ich spüre schon den Rollator im Kreuz, lauter Kartoffeln kullern um uns herum.

»Lasst mich zurück!«, ruft Müller mit letzter Kraft. »Was zählt, ist der Einkauf.« Dann kann ich ihn nicht mehr sehen.

Mit letzter Kraft presse ich uns durch den Gang, Nils springt in den Einkaufswagen und wir erahnen ein Gefühl von Freiheit. Fast sind wir an der Kasse. Fast.

Bei den Zigaretten warten die Bad Boys. Mittfünfziger mit grauen Haarkränzen, Karohemden und Cordhosen lauern bewaffnet mit Gurken, Warentrennern und Mettwürstchen, die sie als Nunchakus benutzen. Wir geben den Wagen auf.

Trotzdem fühlen wir uns als Sieger, denn ich habe es geschafft, eine kleine Packung Toastbrot unter meinem Pulli zur Kasse zu schmuggeln. Besser als nichts.

Die Kassiererin sitzt mit Helm und kugelsicherer Weste an der Kasse. Sie ist die letzte Bastion. Der einzige Unterschied zwischen Plünderung und Silvestereinkauf. Da fällt uns auf, dass wir weder Geld noch Karte dabeihaben.

Mit hängenden Schultern verlassen wir den Laden und atmen tief durch. In der Ferne hören wir sich schnell nähernde Sirenen. »Nochmal mache ich das nicht mit ...«, sagt Nils. Er ist blass, verschwitzt und schaut sich ängstlich um.

Ich will etwas sagen, da zerspringt die Glasfassade des Supermarkts mit einem ohrenbetäubenden Knall.

Rauch steigt auf, selbst die Kassiererin räumt ihre Stellung. Dann tritt er aus den Trümmern. Müller. In der rechten Hand eine riesige Salami, in der Linken ein Einkaufskorb, den er wie ein Schild vor sich trägt, und am Gürtel Raclettekäse.

»Das war geil!«, ruft er und ergibt sich den eintreffenden Polizeikräften.

Es gibt ein Hausverbot für uns, keine Anzeige. Und als wir uns abends den zerknatschten Raclettekäse teilen, denke ich: »The same procedure as every year ...«

Müllers Geburtstag oder: Nackt auf einem Esel

Müller hat Geburtstag. Geil! Während wir an Nils Geburtstagen immer nur kegeln gehen und mein Geburtstag gerne mal ausfällt, ist an Müllers Ehrentag alles möglich: Baustellenschilder klauen, in den Stripclub gehen, den ganzen Tag saufen, ins Freibad einbrechen, durch alle Clubs der Stadt ziehen. In zwei Worten: »müllerhafte Eskalation«! Und ich bin vorbereitet. Ich habe mir drei Tage Urlaub genommen, an meinem Bett stehen eine Flasche stilles Wasser, ein Eimer, eine Packung Kopfschmerztabletten, diverse Pflaster und ein Helm. Außerdem habe ich mir den Malteser-Hausnotrufknopf meiner Oma geliehen.

Frühstück. Ich trinke Nesquik, Nils Tee, Taubias Wasser. Müller mümmelt Marmorkuchen. Die Luft ist aufgeladen. Gleich wird er verkünden, was er heute anstellen will. Mein Herz rast. So eine Vorfreude hatte ich das letzte Mal, als ich mir an Weihnachten das große Piratenschiff von LEGO gewünscht habe. Er schluckt den zerkauten Kuchen runter. Er holt Luft. Er spricht: »Ich will in den Zoo.«

»Was?«, fragen Nils und ich im Chor.

»In. Den. Zoo«, wiederholt Müller.

»Klar«, sage ich, »im Zoo gibt es Bier. Man kann versuchen, in die Gehege zu kommen oder wenigstens ein paar Tiere zu befreien, man kann an Aquarien klopfen. Und da fällt uns sicher noch mehr ein.«

Meine Vorfreude zwinkert ihm verschwörerisch zu. Er zwinkert nicht zurück.

»Nö. Zoo macht einfach richtig Spaß. Ich will da hin.«

Meine Vorfreude rammt sich ein Samurai-Schwert in den Oberkörper.

Eine Stunde später sind wir da. Müller trägt eine Hose mit Leopardenprint, einen Zoo-Pulli, eine Zoo-Mütze und ein Dutzend Buttons mit Panda-Motiven, obwohl es in diesem Zoo keine Pandas gibt. Außerdem hat er sich als Katze schminken lassen.

Ich habe fünf Bier getrunken. 13 weitere ziehe ich in einem bunten Bollerwagen hinter mir her. Ich denke mir ein Trinkspiel aus. Immer wenn ein Tier einen tiertypischen Laut von sich gibt, muss man trinken. Keiner spielt mit.

Am Aquarium – Stille.

Bei den Kaninchen – Stille.

Im Reptilienhaus – Stille.

Am Affenhaus ... Zwanzig Affen geben typische Laute von sich.

»Stell dir vor, du müsstest so leben«, sagt Nils mit Blick auf die Affen.

»Du meinst, jemand macht für mich sauber, füttert mich täglich, sorgt sich um meine Gesundheit und beschäftigt sich ständig mit mir? Bin dabei.«

Nils verdreht die Augen. »Du wirst begafft.«

Eine Gruppe von Touristen glotzt Müller in seinem Zoo-Outfit an. Einer macht ein Foto.

Müller: »Komm ich mit klar.«

Nils: »Du bist eingesperrt.«

Müller: »Ach, wir sind doch alle irgendwie eingesperrt.«

Nils hebt seinen Zeigefinger. »Diese Tiere gehören in die Natur!«

»Quatsch. Diese Tiere sind die Kinder von Kindern von Kindern von Tieren, die mal in der Natur waren. Die kennen das nicht anders«, meint Müller.

»Und das findest du gut?«, fragt Nils.

»Ich finde, das ist alles eine Frage der Perspektive. Wenn ich auf der einen Seite die Tiere sehe, die einfach ihr Ding machen, und auf der anderen die Pfleger, die für sie arbeiten, oder die Besucher, die für sie bezahlen, dann weiß ich nicht, wer hier wen im Griff hat«, gibt Müller zu bedenken.

»Diese Tiere haben nicht frei entschieden, hier zu sein!«, protestiert Nils.

Müller winkt ab. »Ach Nils, bei den heutigen medialen Masseneinflüssen, den kapitalistischen Steuerungsmechanismen, der ständigen Präsenz von Werbung und der digitalen Überwachung von allem und jedem zweifle ich die freie Entscheidung jedes Individuums an.«

»Wo hast du das denn her?«

»Wenn ich nachts nicht schlafen kann, schaue ich Dokus auf Arte.«

»Aber denk doch mal an die Pinguine!«

»Okay, die waren depressiv. Das ist scheiße. Aber das heißt nicht, dass man den Zoo abschaffen muss, sondern verbessern. Woher kommt der Esel, Jan?« Müller versucht, mich auf seine Seite zu ziehen.

»Aus dem Streichelzoo!«, antworte ich.

Während die Zwei gesprochen haben, bin ich auf eigene Faust weitergezogen. Den Bollerwagen habe ich zurückgelassen. Bier ist alle. Ich habe eine Ziege und einen Esel aus dem Streichelzoo freigelassen, aber es ist nichts Lustiges passiert. Erst als ich einer älteren Dame etwas Ziegenfutter in die Handtasche gekippt habe, gab es Action. Dann sind der Esel und ich zurück zu den Jungs.

»Jan Cönig!«, sagt Nils.

»Cönig Jan!«, entgegne ich, steige auf meinen Esel und reite hoch erhobenen Hauptes ins Affenhaus. Kurze Zeit später reite ich im vollen Galopp wieder raus. Vier Wärter laufen mir nach. Sie schnappen ihre Zoo-Fahrräder und verfolgen uns. Ich ziehe mein Shirt aus und werfe es einem Fahrrad in die Speichen. Es kommt zu einer Massenkarambolage.

Müller und Nils holen sich ein Eis.

Ich beschließe, die Verfolgungsjagd auf einem Zoofahrrad fortzusetzen. Wild klingelnd und inzwischen völlig nackt rase ich an meinen Mitbewohnern vorbei. Der Esel läuft mir nach. Drei Wärter folgen zu Fuß.

Irgendwie schaffe ich es ins Elefantengehege. Ich springe auf einen kleinen Dickhäuter und schreie: »Flieg, Dumbo!«

Mit einem eleganten Sprung wechsle ich wieder auf den Esel und reite eine große Runde auf den Grünflächen. Die Wärter geben auf, als die Affen und ich anfangen, sie mit Kot zu bewerfen.

Müller und Nils setzen sich an einen Ententeich.

Müller: »Stell dir mal vor, die Stadt-Enten müssten die Zoo-Enten in ihre Gesellschaft integrieren. Das würde sie völlig überfordern. Ich sehe brennende Ententeiche, Demonstrationen, Schilder mit der Aufschrift ›Quak, Quak, Quak, Quak!‹ oder ›Wir sind die Enten!‹. Das wäre doch furchtbar.«

Nils lacht. Ich habe gerade richtig Stress. Beim Versuch, die Bremer Stadtmusikanten nachzubauen, haut mir ständig der Hahn ab. Der einzige Hund, den ich finden konnte, ist ein kleiner Mischling, der Probleme hat, den Tiger auf seinen Schultern zu halten. Irgendwann gebe ich auf. Bevor ich mit den Dreifinger-Faultieren chille, bringe ich den Papageien noch ein paar Schimpfworte bei.

Müller und Nils sitzen immer noch am Teich. An dem Teich, aus dem ich jetzt klettere. Ich habe ihn durchschwommen. Niemand weiß, wieso. Ich bin nass, stinke nach Entenkot und bereue, den ganzen Tag ohne Sattel geritten zu sein. Mir ist sensationell schlecht. Ich fühle mich wie ein depressiver Pinguin. Wie ein Zoowärter ohne Fahrrad, wie ein Mischling, der einen Tiger auf seinen Schultern tragen muss.

Müller hilft mir auf die Beine. »Keine Sorge Jan. Dein Zustand ist wie die Tiere im Zoo – alles halb so wild.«

Alkohol mich hier raus!

Körper an Körper, wie Fischstäbchen in der Pfanne brutzeln die grellweißen Körper in der Sonne, bis sie endlich die typische dunkelrote Urlaubsfarbe haben. Vom Hotel zum Strand sind es laut Internet nur 15 Minuten. Das ist auch nicht direkt gelogen. Wenn man einen Hubschrauber hat, zum Beispiel. Nach 50 Minuten Fußweg haben auch wir es endlich geschafft.

Müller trägt einen riesengroßen, aufgeblasenen Donut, mit dem er auf dem Weg zum Meer locker ein Dutzend Sonnenschirme umnietet. Seine Badehose ist rot und eng. Er glaubt nicht an Hautkrebs, also hat er sich nicht eingecremt. Nils läuft hinter ihm her und entschuldigt sich in einer Sprache, die er für Spanisch hält.

»Früher war es hier so schön, jetzt ist alles so touristisch«, sagt eine Frau zu ihrem Dackel.

Sie trägt ein mit Strass besetztes Oberteil mit dem Schriftzug »Ich Herz Berlin«, ein Bikinihöschen, knallrosa Flipflops und ist optisch 80 Jahre alt. Der Hund antwortet nicht.

Das erste Anzeichen von Tourismus ist, dass du da bist, Berlin-Oma, denke ich. Du bist weder Humboldt noch Columbus, du bist kein Entdecker, du schwimmst mit dem Strom. Tut mir total leid, dass du auf dem Weg zum Burger King so wenig einheimische Kultur mitbekommst.

»Die Einheimischen profitieren aber auch vom Massentourismus. Der bringt Geld und Wohlstand«, meinte der Mann im Reisebüro.

Na klar. Die überfüllten Strände, die steigenden Preise, die hässlichen Hotelklötze, die betrunkenen, sonnenverbrannten Touris und die Massen an Müll sind aber auch was Feines.

Diese Menschen profitieren vom Tourismus so sehr wie die Indianer von den amerikanischen Siedlern. Wer das glaubt, der glaubt auch, Super-Cookie-Knuspermüsli mit drei verschiedenen Schokoladensorten sei ein Fitness-Frühstück.

Jetzt bin ich jedenfalls mittendrin. Auf Malle. Nils wollte Sonne, Sandstrand und Idylle. Einfach mal abschalten und die Seele baumeln lassen. Müller wollte Party und Saufen. Wir alle hatten wenig Geld.

Mallorca ist eine herrliche Insel mit malerischen Buchten, tiefblauem Meer, voller Kultur und Sehenswürdigkeiten. Ein Paradies für Familien, Wanderfans und Taucher*innen. Aber da sind wir nicht. Wir sind auf Malle, dem Wario Mallorcas.

Inzwischen ist es Abend geworden. Das hier ist kein Text mit Tiefgang, es ist ein Text mit Wolfgang. Wolfgang ist Animateur, trägt ein ausgewaschenes grünes Shirt mit der Aufschrift »Pozilei« und hat uns in diesen Club geschleppt, in dem pickelige Jugendliche aus Eimern Sangria trinken und der DJ so viel von Musik versteht, wie mein Opa von Rollerblades.

Es läuft immer abwechselnd ein Lied aus den Ibiza-Club-Charts und der Schlager-Hitliste. Der Raum ist zu voll, es riecht nach Schweiß und Axe Moschus, das Licht ist zu grell. Ich bin der Einzige mit langer Hose und auch der Einzige, der ein Hemd trägt und keinen lustigen Spruch wie »Dicke Titten Kartoffelsalat« oder ähnlich auf seinem

T-Shirt hat. Die Texte der Lieder sind so einfach, dass man sie schon beim zweiten Hören mitsingen kann.

Müller geht an die Bar, bestellt sechs Cocktails und stellt sie vor uns auf den Tisch. Er ext zwei davon. Nils macht es ihm nach. Ich zögere. Ich fühle mich wie Neo, der zwischen der roten und der blauen Pille entscheiden muss. Müller hat schon die nächste Runde geholt.

Auf Malle nüchtern zu sein ist wie der geilste Kindergeburtstag der Welt mit Hüpfburg, Ponyreiten, Bällebad und Eiscrememaschine – und du bist der laktoseintolerante Vater.

Müller und Nils entscheiden spontan, ihren neuen Lieblingshit zu hören, und stürzen auf die Tanzfläche. Ich schaue mich um. Eine Gruppe Jugendlicher tanzt, als erlitte sie einen Anfall, ein dünner Typ stolpert quer durch den Raum und kollidiert schließlich mit einem 200 Kilo schweren Rocker, der aussieht, als würde er Motorräder bauen, fahren und essen.

Ein durchtrainierter Kerl mit offenem Hemd schwankt jenseits jedes Taktes und versucht vergeblich, den Strohhalm seines Getränks mit den Lippen zu schnappen, während drei Frauen sich an ihm reiben, als wäre er eine Wunderlampe. Direkt vor meinen Augen knutscht ein Pärchen. Oder sie ringen auf eine seltsame Art. Ich sehe nur ihren Hinterkopf, den er fest in seinen Pranken hält. Ihr Geknutsche hat so viel mit Zärtlichkeit zu tun wie Donald Trump mit vornehmer Zurückhaltung. Der gegnerische Mund wird akribisch untersucht und es ist ein Wunder, dass die mit maximaler Kraft in den Rachenraum des Gegenübers gestoßenen Zungenlappen aneinander vorbeipassen. Die Wangen wölben sich unter dem Druck nach außen. Sie drehen sich. Der Typ ist Müller. Er zwinkert mir zu, während er den Rock seiner Begleitung nach oben schiebt.

Auch Nils hat Anschluss gefunden. Sein Opfer ist zierlich und sie küssen wie Karpfen. Überhaupt ist jetzt scheinbar

Paarungszeit. Alle knutschen. Wenn ich die Augen schließe, klingt es, als würde sich ein Monster mit schleimigen Tentakeln auf mich zu bewegen.

Ich mache die Augen auf. Genau drei Personen haben noch ihren Mund frei: Die Berlin-Oma vom Strand, der Rocker und ich. Es ist wie die Reise nach Jerusalem, oder besser die Reise nach Gomorrha, einer wird übrigbleiben und der hat dann verloren. Die Oma wägt gerade zwischen mir und dem Rocker ab, ich muss handeln. Ich kippe jede Flüssigkeit in Griffweite in mich rein. Oma Berlin slidet unerwartet schnell in ihren Flipflops auf mich zu, sie setzt direkt zum Angriff an. Ich ducke mich im letzten Moment weg und gebe dem Rocker einen Zungenkuss, der sich gewaschen hat!

Ich wache auf. Nicht weil ich geträumt habe, sondern weil der Rocker mich bewusstlos geschlagen hat. Ich liege am Strand. Müller übergibt sich in einem Schwall ins Meer. Nils motzt, weil er Sand in der Unterhose hat. Der Club liefert uns den Soundtrack zu unserem Urlaub: »Aber scheiß drauf, Malle ist nur einmal im Jahr!«

Kapitalismus & Kartoffelbrei

»Kapitalismus«, sagt Müller. Er ist heute mit Kochen dran, also gibt es Kartoffelbrei. Nils hat sich sicherheitshalber ein Fotoshooting auf den Abend gelegt und ist nicht da. Taubias und Tauboga beobachten aus sicherer Entfernung, was passiert.

»Ich hasse den Kapitalismus.« Wütend und wahllos wirft Müller zweifelhafte Zutaten in die Kartoffelmasse. Speck, Käse, alte Brötchen, einen Schoko-Nikolaus ...

»Weißt du, Jan, die Gesellschaft ist wie mein Kartoffelbrei.«

Ich beobachte skeptisch, wie er eine ganze Salami in den Topf schnippelt.

Jan: »Geschmacklich fragwürdig?«

Müller: »Nein. Viele verschiedene Zutaten, aber etwas hält sie zusammen.« Drei Essiggurken wandern in den Topf.

Jan: »Und was ist das?«

Müller: »Kartoffelbrei.«

Ich schaue ihn fragend an.

Müller: »Im Topf. Im Topf ist Kartoffelbrei.«

Jan: »Und in der Realität?«

Müller: »Ich weiß nicht, was es sein sollte, aber ich weiß, was es leider oft ist.«

Jan: »Hast du gerade ein gekochtes Ei in den Topf geworfen?«

Müller: »Ja. Der Kartoffelbrei ist Geld.«

Jan: »Ich glaube, du solltest den Dampf deines Kartoffelbreis nicht einatmen. Und ich weiß, dass da keine ganze Tube Ketchup reingehört.«

Müller: »Jan. Ich meine das ernst.«

Jan: »Okay. Also, Geld hält uns zusammen.«

Müller: »Ja. Wir versuchen, immer mehr zu haben, wir tauschen es gegen Lebensmittel, wir konsumieren uns kaputt.«

Jan: »Kann es ein, dass du mir noch 200 Euro schuldest?«

Müller: »Dir geht es auch nur ums Geld!«

Jan: »Nein. Aber du kannst doch von heute auf morgen nicht das ganze System ändern.«

Müller: »Alle sollten gleich viel Geld haben!«

Jan: »Das würdest du wahrscheinlich nicht sagen, wenn du nicht schon wieder pleite wärst.«

Müller: »Geld, Geld, Geld!« Drei Knoblauchzehen werden wütend in den Topf geworfen. »Ich habe letztens eine Frau getroffen, wir hatten einen perfekten Abend, ich war höflich, witzig, charmant, ...«

Jan: »... also nicht du selbst ...«

Müller: »... also nicht ich selbst. Und trotzdem hat es nicht funktioniert. Weißt du, warum?«

Jan: »Wegen Geld?«

Müller: »Wegen Geld! Der Club war sehr nobel, wir hatten unsere eigene Loge, Champagner, alles war gut. Bis es ans Bezahlen ging und ich meinte, ich hätte kein Geld. Auf einmal Funkstille.«

Jan: »Wie hoch war die Rechnung denn?«

Müller: »500 Euro oder so.«

Jan: »Das ist ja lächerlich.«

Müller: »Sag ich doch. Geld sollte nicht das Mittel sein, sondern Zeit. Das haben alle gleich.«

Jan: »Das ist eigentlich eine ganz nette Idee. Da gibt es auch einen schlechten Film mit Justin Timberlake zu. Ich fürchte nur, dann würden uns die Rentner*innen beherrschen. Denn die haben offensichtlich mehr Zeit als alle anderen. Stell dir das mal vor!«

Müller schneidet nachdenklich ein paar Heringe in die Kochmasse.

Jan: »Weißt du, Müller, selbst wenn Zeit unser Zahlungsmittel wäre, könntest du nichts dagegen tun, dass der eine sie verprasst und die andere sie spart. Der Wettbewerb ist der Kartoffelbrei.«

Müller: »Und das findest du gut?«

200 Milliliter Sojasoße begeben sich in den Topf.

Jan: »Nein. In Anbetracht dieses Breis finde ich gar nichts gut. Brei ist niemals die Lösung.«

Müller: »Sondern?«

Jan: »Tapas. Ganz viele unterschiedliche, leckere Gerichte. Kein Einheitsbrei.«

Müller: »Und was hält die Tapas zusammen?«

Jan: »Der Koch.«

Müller: »Also ist der Koch der Kartoffelbrei.«

Jan: »Ja. Sei deines eigenen Glückes Koch.«

Müller: »Ich finde, der Wert eines Menschen lässt sich nicht in Geld ausdrücken.« Er leert eine Flasche Apfelessig in den Topf.

Jan: »Das finde ich auch.«

Müller: »Also, was tun wir?«

Jan: »Wir nehmen allen Reichen ihr ganzes Geld weg.«

»Jawohl!«, ruft Müller euphorisch und schwingt den Kochlöffel.

Die Tauben fliegen kurz auf, etwas zähflüssiger Kartoffelbrei ätzt sich durch die Tapete. Tauboga gibt Taubias eine Flügelschelle und er fällt fast in den Topf. Ich rette ihm das Leben.

Jan: »Schau mal, Robin Hood, das war nicht mein Ernst. Weil Geld nicht das Problem ist.«

Müller: »Was dann?«

Jan: »Die Einstellung. Ich habe kein Problem damit, dass jemand reich ist. Wenn diese Person ihr Geld nutzt, um Menschen zu helfen, denen es schlechter geht. Und wenn sie 80 Stunden die Woche im Büro verbringt, dann soll sie ruhig in ihrem Luxusschlitten dahinfahren.«

Müller: »Ich will auch einen Luxusschlitten! Einen Quattroporte.«

Willkürlich schüttet er Gewürze in seinen Brei: Salz, Pfeffer, Zucker, Zimt …

Jan: »Du hast nicht mal einen Führerschein.«

Müller: »Trotzdem.«

Nils kommt nach Hause. Er hat Pizza mitgebracht. Gott sei Dank. Es wird ein richtig netter Abend, wie man ihn mit Geld nicht kaufen kann. Im Gegensatz zu einem neuen Kochtopf, denn der Kartoffelbrei hat sich durch den Boden des alten gefressen.

Kapitel 5: Meisterschaften

Poetry Slam ist schon ein sehr besonderes Format. Es ist offen, divers, wild, wandelbar, überraschend und unterhaltsam, die Zuschauenden wissen nicht genau, was sie bekommen, es passt ins Jugendzentrum und in die Kreissparkasse ebenso gut wie ins Staatstheater. Und es hat Meisterschaften.

Befreundete Künstler*innen anderer Genres sind immer wieder fasziniert und irritiert davon, dass wir uns einer so direkten und unfairen Wertung stellen. Jeden Abend ein konkretes Feedback von zufällig ausgewählten Personen aus dem Publikum zu bekommen, muss doch anstrengend sein! Es geht. Ich habe mit der Zeit eine relativ dicke Haut entwickelt und zucke nicht jedes Mal zusammen, wenn Onkel Rudolf meine Witze nicht lustig findet.

Das hat mit positiven Erfahrungen zu tun, einer Menge an Auftritten, die schlechte Tage relativieren, und der Tatsache, dass die Auftritte bei Poetry Slams irgendwann nicht mehr die Arbeit dominieren. Mit der nötigen Ruhe kann man auch den Abend viel mehr genießen, die Gespräche im Backstage, diese eine Person, die man schon viel zu lange nicht mehr gesehen hat, und die Texte, die einem persönlich sehr gut gefallen.

All das gilt mehr oder weniger für Meisterschaften. Ganz gleich ob Landesmeisterschaften oder deutschsprachige, die Anspannung steigt, wenigstens bei mir, denn jetzt kommt es darauf an. Anfangs hatte ich große Schwierigkeiten damit, Meisterschaften zu genießen, da ich mit großen Menschenmengen, Erwartungen und ungewohnten Situationen gerne überfordert bin, und das fasst eine Meisterschaft im Kern ganz gut zusammen.

Meine erste Landesmeisterschaft war der Hessenslam 2015 in Frankfurt. Direkt vor meiner Haustür erlebte ich sehr schöne Shows und lernte die Szene langsam etwas besser kennen. Im kommenden Jahr in Wetzlar lernte ich meine ganz große Liebe kennen. 2017 in Wiesbaden scheiterte ich knapp mit 0,4 Punkten am finalen Stechen.

Ein Jahr später wurde ich Hessenmeister in der Wetterau, beim darauffolgenden Hessenslam wieder Meister in Marburg, 2020 musste ich mit den Wilden Worten Wiesbaden, zu denen ich inzwischen gehöre, die Meisterschaft leider absagen und 2021 durfte ich einen sehr, sehr schönen U21-Hessenslam in Frankfurt veranstalten.

Mein Verhältnis zu den deutschsprachigen Meisterschaften ist etwas anders. Es sind tolle Festivals des Spoken Words und ich ziehe meinen Hut vor allen, die Zeit, Energie und Geld in dieses Event investieren. Die Qualität ist wahnsinnig hoch und ich glaube, dass man sich dort durchaus kennenlernen und vernetzen kann, bloß mir fehlen dazu die nötigen Skills.

Am wohlsten fühle ich mich, wenn ich in einer Gruppe von Menschen bin, die ich mag, und wenn ich das Gefühl habe, mich jederzeit zurückziehen zu können, um meine Batterien aufzuladen. Ich bin lieber still, höre zu und warte ab, als laut und auffällig zu sein. Das macht das Knüpfen neuer Kontakte nicht leicht, ich habe aber auch einen sehr reduzierten Bedarf danach.

Die nächste Herausforderung ist das Selbstvertrauen. Ich will die komplette Karte meiner Befindlichkeiten hier nicht ausbreiten, aber ich habe eine sehr laute Stimme in meinem Kopf, die mir sagt, dass ich eigentlich außer essen und schlafen nicht viel richtig mache. Ich stelle mir die Person zu dieser Stimme wie eine alte Rosine vor, die runzelig und mit einem lächerlichen Hut in einem Schaukelstuhl sitzt, das nimmt ihr viel Autorität. Manchmal kommt diese Stimme aber eben doch durch den Schutzschild und dann wird alles in Frage gestellt, was nicht bei drei auf den Bäumen ist.

In solchen Momenten kann Poetry Slam Gift sein, ebenso andere Poet*innen, die entweder so sehr mit sich beschäftigt sind, dass sie kein Interesse an den anderen haben, oder ebenso mit dem Wettbewerb kämpfen und daher nur im Notbetrieb laufen.

Ich hatte bei unseren ersten Auftritten im Team oft das Gefühl, nicht dazuzugehören. Nach unserer aktiven Zeit hatte ich immer mal wieder Gespräche, in denen mir jemand sagte, wir hätten optisch nicht zu Slam gepasst, die Texte hätten nicht gefallen, wir wären komisch gewesen oder zu alt oder arrogant – ganz egal, woran es lag, wir wurden nicht mit offenen Armen empfangen, auch nicht auf den Meisterschaften.

2014 schafften wir es bei der deutschsprachigen Meisterschaft in Dresden ins Finale. Eine einzige Person gratulierte uns, der Rest wandte sich ab. Es wurde sogar Beschwerde bei den Organisatoren eingelegt, da wir bedruckte Collegejacken trugen und das sei ja wohl eine Verkleidung, also regelwidrig. Wir wurden nicht disqualifiziert, waren aber im Finale in der Semperoper so verunsichert und nervös, dass wir ohne die Jacken auf die Bühne gingen und versuchten, einen Text auswendig vorzutragen, den wir lediglich an diesem Tag zu speichern versucht hatten. Aus unserem Plan, es allen zu zeigen, wurde leider nichts. Wir hatten einen Texthänger, es wurde still und wir holten mit hochroten Köpfen die Textblätter aus den Hosentaschen.

2016 ging es nach Stuttgart, es war mein erster Solo-Auftritt und von den Menschen, mit denen ich auf der Meisterschaft die meiste Zeit verbrachte, war aus verschiedenen Gründen niemand dabei. Nach der Vorrunde war für mich Schluss, ich schaute mir ein paar der anderen Runden und beide Finale an, darüber hinaus sah ich viel von Stuttgart und von meinem Hotelzimmer.

2017, Meisterschaft in Hannover. Ich war in keinem Jahr so viel unterwegs wie in diesem, inzwischen hatte ich fast 400 Auftritte absolviert, 135 in der aktuellen Spielzeit. Um mich herum war eine Menge Menschen, auf die ich mich freute, ich war nicht mehr der Neue und brauchte viel weniger Energie, um mich zwischen all den anderen Teilnehmenden zu bewegen. Ich war auch absolut entspannt, denn meine vergangenen Auftritte machten mich nicht zum Favoriten. Andere waren nervös, Kamerateams und Pressemenschen umlagerten einzelne Teilnehmer*innen, während ich lässig im Backstage saß und beobachtete. Ich stand kurz vor meinem Bachelorabschluss in Sozialer Arbeit, für den Finaltag der Meisterschaft hatte ich einen gut bezahlten Auftritt in Frankfurt zugesagt. Slam war endlich an dem Platz in meinem Leben, an dem er mir guttat. Und dann zog ich ins Finale ein.

In der Vorrunde zog ich zu meiner Überraschung an allen vorbei, die vorher von den Medien umgarnt wurden, im Halbfinale noch einmal das Gleiche und statt zu jubeln, rief ich einen Kollegen in Frankfurt an, ob er meinen Auftritt am Folgetag in Frankfurt übernehmen könne.

Die Stimmung an diesem Abend war perfekt, alles fiel leicht, von allen Seiten Glückwünsche und gute Laune. Dann kam das Finale. Es fand wieder in einer Oper statt, ich wollte wieder einen Text auswendig vortragen, den ich nicht richtig konnte. Ich war wieder nervös.

Wenn man sich das Video des Auftritts anschaut, sieht man Folgendes: Ich moderiere an, atme nochmal tief durch, zögere kurz und ziehe das Textblatt aus der Hosentasche – auch wenn ich es während des Vortrags nicht brauche. Ungefähr sechs Minuten später verlasse ich unter lautem Applaus die Bühne und schramme letztendlich mit 0,4 Punkten zu wenig am finalen Stechen vorbei, um Vierter zu werden.

2018 ging es nach Zürich. Die Meisterschaft war sehr schön, der Wettbewerb für mich sehr kurz. Eine Runde, dann stellte ich den Regler auf Freizeit und nutzte noch ein paar feine Tage als Tourist und Fan von Poetry Slam.

2019 fuhr ich zum vorerst letzten Mal zur deutschsprachigen Meisterschaft nach Berlin. Es war alles ein bisschen viel geworden. Ich arbeitete auf einer Dreiviertel-Stelle als Sozialarbeiter, veranstaltete und moderierte eigene Shows, war Teil der wilden Worte, die Solokarriere nahm viel Platz ein – ich stand jeden dritten Abend auf einer Poetry-Slam-Bühne –, dazu kamen noch Workshops und Orga. Ich kappte von meinem Privatleben die Zeit ab, die ich eben für die ganzen Projekte brauchte, und hatte selten Momente, in denen ich reflektieren konnte, was ich überhaupt wollte.

Ich musste und mochte besser auf mich aufpassen, also mietete ich mir ein Hotelzimmer auf eigene Kosten, abseits vom Slam-Geschehen. Tagsüber genoss ich die Ruhe, ging viel spazieren, aß gut, und abends stand ich fit und ausgeruht auf der Bühne. Die Vorrunde machte Spaß, ich war weiter. Für ein oder zwei Stunden ließ ich mich noch auf der Aftershowparty sehen, begrüßte Lieblingskolleg*innen und kehrte dann wieder zurück in meine Homebase. An Tag Zwei wiederholte ich das Prozedere, nur steigt mein Stresspegel leicht, weil ich es irgendwie ins Finale schaffte, aber leider keinen dritten Text dabeihatte. Das war kein Understatement, sondern einfach dem Mangel an Kreativität geschuldet, den der Zeitdruck nach sich zog.

Den dritten Tag in Berlin verbrachte ich schreibend in meinem Zimmer, kurze Spaziergängen um den Block halfen mir beim Nachdenken, um anschließend weiterzuschreiben. Letztlich hatte ich einen Text beisammen, für den ich mich nicht schämen musste, er war sogar ganz gut gelungen, wie ich fand. Zum großen Auftritt kam sogar meine Freundin angereist, was den Abend umso schöner machte.

Das Ende der Geschichte ist schnell erzählt: Ich komme ins finale Stechen und werde dort Dritter. Ich bin nach Berlin gefahren, ohne etwas zu erwarten, und habe das Tausendfache bekommen. Ich stehe oft sehr gerne auf der Bühne und sehe nicht ein, meine Karriere zu beenden, aber mit den Anfängen der großen Auftritte vor der gesamten Szene und dem Finale in Berlin bin ich rückblickend schon sehr zufrieden. Vielleicht ist es das Ziel einer Etappe.

Kapitel 6: Humor

Carla

Ich habe einen Lieblingsmensch und das ist mein Patenkind Carla. Sie ist vier Jahre alt und neulich hat sie mich gefragt, was Scheitern ist. Also habe ich ihr meinen Lebenslauf gezeigt.

»Ich kann noch nicht lesen«, sagt der kleine Keks.

»Siehste«, sage ich. »Das ist Scheitern.«

Das versteht sie nicht, also hole ich nochmal aus.

»Scheitern bedeutet ›keinen Erfolg haben‹, sagt das Internet. Das hättest du eigentlich auch selbst googeln können, Carla. Immer wenn du etwas versuchst, dann kannst du scheitern, also versuch es am besten gar nicht.

Was kannst du denn? Du kannst süß sein. Glückwunsch! Weißt du, was süß ist? Zucker ist süß. Und zu viel Zucker ist ein Problem. Willst du ein Problem sein, Carla?

Tja, das Leben ist nicht so einfach. Vor allem, wenn du erwachsen bist, Carla, dann bist du nämlich selbst für dich verantwortlich. Magst du es, wenn Papa dir Äpfel schneidet? Wenn man erwachsen ist, muss man seine Äpfel selbst schneiden. Und vorher muss man sie kaufen, hast du Geld, Carla?

Nein, das hast du nicht. Weil du keinen Schulabschluss hast, Carla. Du hast nicht mal einen Schulanschluss, du gehst in den Kindergarten, Carla. Im Garten. Da stehen Blumen, die blühen, und Bäume, die Früchte tragen.

Kannst du blühen? Kannst du Früchte tragen? Tja, dann bist du wohl Unkraut. Und Unkraut reißt man aus, Carla.

Ja, da würde ich an deiner Stelle auch anfangen, zu weinen, Carla, denn das Leben ist wie Mario Barth – nicht lustig. Es ist wie Hemmingway – Ernest.

Du leistest zwar genauso viel wie die Männer, bekommst aber weniger Geld, weil du eine Frau bist, Carla, ja, das sollte sich endlich mal ändern, aber ich würde nicht darauf wetten.

Und nein, das sind nicht meine Vorstellungen, ich finde das kacke, Carla, ja, das darf man eigentlich nicht sagen, aber ich darf das, ich bin erwachsen. ›Kacke kacke kacke kacke‹, ja, da machst du mal spontan mit, aber du wirst dafür Ärger bekommen, Carla – ich nicht. Das ist die erste Lektion. Alles ist unfair. DAS sollte auf deinem T-Shirt stehen, nicht ›Little Princess‹. Das zeugt von einem zweifelhaften Frauenbild, hast du ein zweifelhaftes Frauenbild, Carla?

Deine Spielsachen sind aus Plastik. Das ist schlecht für die Umwelt. Die Meere sind voll davon, Carla. Das ist wie ein Bällebad. Nur ohne Bälle. Dafür mit ganz viel Plastik. Und Fischen. Das macht niemandem Spaß. Flipper hat Plastik im Blasloch. Und ja, Blasloch darf man sagen.

Natürlich haben Mama und Papa dich lieb, aber die sind schon sehr alt, die werden bald sterben. Wie die Tiere. Sie sterben aus. Dinosaurier sind jetzt Öl. Und das wird knapp.

Apropos, wie groß bist du eigentlich, Carla? 1,10 m? Das ist klein. Das tut mir leid, denn es geht immer auf die Kleinen.

Und wenn du es positiver willst, dann kaufe ich dir gerne einen Glückskalender. Da stehen dann ganz tolle Sätze drin wie: ›Das Glück ist das einzige, das mehr wird, wenn man es teilt.‹ Das ist Bullshit, Carla! Hass wird auch mehr, wenn man ihn teilt. Und es gibt viel Hass, Carla. Es gibt mehr Hass, als wir brauchen. Das sind die Menschen, denen das Leben Zitronen gibt, und sie werden sauer.

Spiel ruhig mit deiner Eisenbahn, Carla. Aber spiel doch mal realistisch! Lass sie mal zu spät kommen! Und wenn du Krankenhaus spielen willst, sorg doch erst mal für faire Löhne beim Pflegepersonal!

Denn noch bist du ein kleines Mädchen, aber ganz schnell bist du groß und dann wird es ernst. Dann wirst du auch nicht mehr für deine Bilder gelobt, denn die Sonne hat kein Gesicht, Carla.

Was willst du denn später mal werden? Feuerwehrmann? Merkst du vielleicht selbst, dass die Sprache dir da im Weg steht. Denk doch mal darüber nach, wieso es nicht Feuerwehrfrau heißt oder Feuerwehrmensch.

Die Märchen lügen, Carla, die Bösen sterben nicht, die werden gewählt! Und die Erwachsenen lügen auch! Du hast keine Rot-grün-Schwäche. Ich habe dir die Farben nur falsch beigebracht.

Ja, die Welt kann furchtbar sein, Carla, aber auch sehr toll. Und meine Erziehungsmethoden sind wie mein Humor – durchaus fragwürdig – oder wie mein Spanisch – sehr schwer zu verstehen.

Wenn du etwas wirklich willst, Carla, dann denk nicht ans Scheitern. Versuch es einfach, bis du es schaffst. Oder bis du stirbst. Je nachdem, was zuerst passiert.

Und keine Sorge, Carla, ich werde da sein. Wenn du fällst, werde ich erst mal kurz lachen, aber dann helfe ich dir auf. Wenn dir jemand wehtut, dann werde ich ihn verprügeln. Außer er ist stärker als ich, dann schaue ich ihn nur böse an. Oder es ist eine Frau, dann wirst du sie selbst verprügeln müssen. Obwohl Gewalt natürlich keine Lösung ist. Ich verspreche dir: So oft ich kann, werde ich mit dir scheitern. Denn schlechte Erfahrungen sind wie eine Schoko-Sahne-Torte – es ist immer besser, wenn man sie teilt.«

Parole Guacamole

Es ist 11:30 Uhr, ich stehe im Schlafanzug mit einem Clown, einem toten Hamster, 53,52 Euro und einem Beutel Guacamole im Garten, um ein kleines Grab zu schaufeln. Heute muss ein Montag sein, die sind immer problematisch.

8:30 Uhr, selber Tag, in der Wohnung über mir ist Rambazamba. Klingt nach dem beliebten Kinderspiel »Sei doch mal so laut du kannst!« und es gibt nur Gewinner. Einzig sinnvolle Reaktion: selbst Krach machen. Ich drehe die Anlage auf, singe laut mit, schlage Topfdeckel zusammen und trommle mit Löffeln an die Heizung, macht kurz Spaß, dann bin ich müde.

Habe jetzt Respekt vor den Kindern. Die lassen echt nicht nach. Vielleicht arbeiten sie im Schichtbetrieb, um ihr Lärmpotenzial perfekt auszuschöpfen. Oder es sind gerade Weltmeisterschaften im Lautsein und ich bin live dabei.

Ich vermisse meine alte Nachbarin. Jeden Abend Volksmusik auf Maximallautstärke, dafür haben wir jetzt einen Treppenlift im Haus, den seit ihrem Tod keiner benutzt, außer mir.

Oben ist immer noch Open-Air der Krachmacherstraße, also gehe ich hoch, klingle und klopfe. Ein sichtlich gestresster Familienvater öffnet. »Sie müssen der Clown sein!«, sagt er mit Blick auf meinen Schlafanzug. Frechheit. Ich baue mich auf, schaue ihm tief in die Augen und sage: »Ich brauche die Gage in bar.« 250 Euro später bin ich der Clown.

Ich jongliere mit einem Apfel. Die Kinder sind wie ein leeres Spukhaus – nicht begeistert. Dann spielen wir »Germany's Next Topmodel«. Jedes Kind muss einzeln nach vorne treten und die anderen sagen ihm, dass es zu dick ist. Die Stimmung ist wie der Gaszähler – im Keller. Ich erkläre den Kindern die Poker-Regeln und gewinne eine essbare Halskette, vier Pokémon-Karten und einen Milchzahn im Wert von 2 Euro, wenn ich seinem Besitzer glauben kann. Jetzt bastle ich Ballontiere. Schlangen und Raupen. Meine Ideen sind wie Fehlpässe ... Sie kommen nicht so gut an.

Während ich die Kleinen in der ganzen Wohnung einen Schatz suchen lasse, den ich nicht versteckt habe, gehe ich ans Geburtstagsbuffet. Es gibt Guacamole, Gemüse-Sticks und Sesambrezeln. So geht das nicht! Bei mir gab es früher Burger, Minipizzen oder Chicken Wings. Und Kuchen! Zu trinken gab es ausnahmsweise Cola statt der trüben Bio-Apfelschorle, die hier als Highlight neben der Guacamole steht. Wenn meine Gäste damals gegangen sind, haben sie noch einen Beutel Süßkram bekommen, mit dem ein Diabetiker einen Monat lang seinen Insulinspiegel pushen könnte. Das war nicht gesund, das war Kindheit! Das war geil! Was die Kinder heute mitbekommen, ist zu hundert Prozent kompostierbar.

»Du siehst gar nicht aus wie ein Clown!«, sagt ein kleines Mädchen mit Zöpfen.

»Habt ihr den Schatz?«, frage ich.

Stolz präsentieren mir die Kinder ihre Beute: 3,52 Euro aus der Couchritze, ein toter Hamster von hinter dem Schrank und eine hölzerne Kiste mit einem goldenen Dildo, die sie im Schlafzimmer gefunden haben. Ich nehme das Geld und verspreche, den Hamster zu beerdigen. Den Dildo dürfen sie behalten.

»Du siehst immer noch nicht aus wie ein Clown«, nervt das Mädchen.

»Ich bin ein Geheimclown«, sage ich.

»Was ist denn das?«

»Ein Clown, der nicht aussieht wie ein Clown.«

»Ich will aber einen Clown, der aussieht wie ein Clown!«, ruft das Geburtstagskind.

Ich zeige ihnen den Film »Es«. Jetzt will keiner mehr einen Clown. Problem gelöst.

Neues Problem: Langeweile. Während ich die Minis auf dem Treppenlift Achterbahn fahren lasse, renne ich runter zum Kiosk und kaufe eine gemischte Tüte für 200 Euro. Der Zucker schlägt voll ein und die Kleinen rasten aus, als wären sie Kolibris auf Ecstasy. Ich erkläre ihnen das beliebte Partyspiel »Brechdurchfall«, das ich gerade erfunden habe. Hier die Regeln: Man schnappt sich so viel Guacamole, wie man kann, schmiert es den Gegnern an Gesicht und Hintern und schreit: »Du hast Brechdurchfall!« Die Kleinen sind begeistert. Sie stürmen glücklich glucksend durch die gesamte Wohnung und die Guacamole wird auch langsam weniger.

Der Vater freut sich mittel. Bei dem Krach könne er nicht arbeiten. Während ein paar grünverschmierte Minimonster uns umrunden und das Geburtstagskind den Dildo als Zauberstab benutzt, spürt er, dass Arbeit eben nicht alles ist. Und dass es bei »Brechdurchfall« kein Hola gibt.

»Ich glaube, Sie sind gar kein Clown«, sagt er, als er sich die Guacamole vom Pulli gewischt hat.

»*Glauben* heißt nicht *wissen*«, antworte ich.

Er reicht mir zum Abschied einen Beutel Guacamole. Ich cruise mit dem Treppenlift Richtung Erdgeschoss und treffe Buffo, den Clown. Wir beerdigen den Hamster mit der Guacamole im Garten und der Clown hält eine erstaunlich ergreifende Rede. Aus der Wohnung hören wir Sätze wie »Cool, der Zauberstab vibriert!« und »Nein, ich habe keinen Brechdurchfall!«. Da wird mir eins bewusst: Mit Kindern kann ich echt gut umgehen.

Fett For Fun

Ich stehe an der Bushaltestelle und warte. Es ist Sommer, ich will ins Freibad. Neben mir wartet eine Omi. Eine braungebrannte Frau in einem Bikini räkelt sich mir gegenüber sexy lächelnd auf einer Plakatwand. Die Omi blättert in einer Zeitschrift, auf deren Titelseite ein durchtrainiertes Paar fröhlich durch den Wald joggt. Der Bus auf der anderen Straßenseite trägt das Bild eines Adonis. Ich: rote Badehose, 11 Kilo zu viel dank Schokolade. Er: knallroter Badeslip, 5 Kilo zu wenig dank Photoshop.

Es reicht! Ich hab genug von entwässerten, photoshopverbesserten, superfitten, ultraschicken, völlig verstörenden Megamagermodels.

Ich will einmal an einem Kiosk vorbeigehen, ohne vorwurfsvoll von jeder zweiten Zeitschriftentitelseite angegrinst zu werden.

Men's Health, Sport Aktiv, Muscle + Fitness, Shape, Flex
Active Woman, Muscle Man, Inside Fitness, Be Perfect
Schlank und Fit, Runner's World, Fit for Fun, hardcore abs
Men's Fitness, Women's Health, Der Bodybilder, Brigitte

Ja, Brigitte! Weil sie ständig neue Diäten präsentiert. Es ist völlig unabhängig vom Geschlecht irgendwann Mode geworden, mit seinem Körper nicht zufrieden zu sein. Im Fitnessstudio gibt es Kurse wie Yogates – Yoga und Pilates –, Piloxing – Pilates und Boxing –, Hip-Hop-Meditation oder Bauch-Beine-Flow, aber langfristig ist das auch keine Lösung.

Der Ausweis von meinem Fitnessstudio erfüllt in meinem Portemonnaie dieselbe Funktion wie meine ???-Clubkarte. Sieht ganz geil aus – nutze ich nich. Ich möchte mich einmal mit Freunden zum gemeinsamen Kochen verabreden und alles, worum wir uns kümmern, ist die Frage: Fleisch, kein Fleisch oder vegan? Aber nein! Hamza macht die Apfelessig-Diät, Selina isst nix nach 18 Uhr, Eyleen schon, aber keine Kohlenhydrate, Felix gerade nur noch Kartoffeln, Samuel ist auf dem Paleo-Trip, Susann schwört auf Rohkost.

Geil! Abendessen am Samstag, 17 Uhr, es gibt rohes Fleisch, Kartoffeln, ungekochtes Gemüse, dazu ein Gläschen Apfelessig … Macht richtig Spaß!

Mein Vorschlag: die Zeitungsdiät. Funktioniert garantiert. Jeden Tag eine vollständige Tageszeitung essen. Sonst nix. Okay, das ist eine Mangelernährung und wenn du das zu lange machst, wirst du sterben, aber vorher bist du dünn! Und darum geht's doch. Schlank in den Frühling, schlank in den Sommer, schlank an den Strand, schlank ins Schwimmbad, schlank am Arsch!

Ihr habt Hunger? Esst! Alles, was euch glücklich macht. Nutella aus dem Glas, Eiscreme aus der Packung, Keksteig, Pudding, tafelweise Schokolade, leckeres Obst. Esst, wann immer ihr Lust habt! Die Kalorien sind nicht das Problem, sondern das Selbstvertrauen.

Vielleicht ist jemand dünner, schlauer, glücklich dümmer, älter, weiser, reifer, jünger – völlig egal. Es gibt Menschen, die haben tolle Augen, tolle Füße, tolle Ohren, tolle Haare, tolle Hände, tolle Haut, tolle Finger, tolle alles! Trotzdem bist du du, da kannst du rennen wie der Wind, von dir selbst kommst du nicht weg. Macht euch nicht für jeden Missstand selbst verantwortlich!

Wenn ich eine Hose anprobiere und sie nicht zubekomme, dann hat die Hose die falsche Größe. Nicht ich.

Wenn ich einen Anruf von jemandem annehme, der sich verwählt hat, dann sage ich nicht: »Wen wollten Sie denn haben? Vielleicht kann ich so werden?« Ich lege auf.

Ich bin, wer ich bin, und ihr seid, wer ihr seid. Das ist gut so. Wir haben alle verschiedene Stärken und Schwächen. Steine können nicht fliegen. Aus Vögeln kann man keine Häuser bauen. Okay, könnte man. Ist aber gruselig, unsicher und unappetitlich. #Vogelhaus

Apropos Appetit. Vergesst Cola light, ich will Cola heavy! XXXL statt Size Zero, Jogginghosen statt Skinny Jeans, normale Menschen in Modezeitschriften. Was hilft es mir denn, in der Werbung zu sehen, wie eine Hose an einem Model aussieht? Ich werde sie ihm nicht kaufen. Und falls ihr zunehmt: Was ist schlecht daran, wenn Gutes mehr wird? Esst Süßigkeiten! Süß ist gut. Hundewelpen sind süß, nicht gesund. Ich bestehe auf bombastisch bunte Burgerbuden statt furchtbar fade Fitness-Folterkammern. Essen macht Spaß, Essen ist gesellig, Essen ist Genuss. Ich werde sehr viel lieber zum Essen eingeladen als zum Sport!

Das Leben ist wie Musik, man muss es fühlen und nicht an irgendwelchen Normen optimieren. Meine Idole sind Obelix, Bud Spencer, Homer Simpson, Balu der Bär und Buddha. Dick und glücklich. »Ich habe mir ein neues Kissen gekauft, das ist richtig schön hart und dünn!«, sagt niemand! Oder: »Hach, endlich bin ich genau so, wie alle mich haben wollen, hui, fühlt sich das gut an.« Wir sind doch keine Knetklumpen!

Ich stehe immer noch an der Bushaltestelle. Der Bus kommt nicht. Die Omi sieht meinen Gesichtsausdruck und reicht mir einen Keks. Ja, Omis wissen Bescheid. Die kochen und füttern und finden alle zu dünn. Omis würden Photoshop nutzen, um Models Fleisch auf die Rippen zu zaubern. Omis tragen bequeme Klamotten und sind gut zu kuscheln. Omis sind alt und weise und toll. Omis essen drei bis fünf Mal am Tag und das ist gut so. Wenn ihr also mal wieder unzufrieden mit euch seid, denkt an eure Omi und alles wird gut.

Friedhof der Kuscheltiere

Mein Patenkind Carla hätte gerne ein Haustier und die kleine Spitzmaus ist sehr traurig, weil sie keins bekommt. Das ist ein Problem, denn die Kernkompetenz meines Patenonkeldaseins ist, sie glücklich zu machen. Zum Beispiel, indem ich mit ihr auf die Eisbahn gehe.

Ich habe eine ganz besondere Beziehung zum Schlittschuhlaufen: Ich hasse es. Kennt ihr das, wenn ihr denkt, etwas wird furchtbar und dann wird es total gut? Ich nicht. Ich falle ständig hin, während selbst dick eingepackte, winzige Wonneproppen mit kitschigen Bommelmützen, die ohne Mamas Hand nicht stehen können, grazil über das Eis gleiten und putzige Pirouetten drehen. Dass ich Kindern nicht immer überlegen bin, weiß ich, seit ich mal auf einem Kinderspielplatz in einer Röhrenrutsche stecken geblieben bin und mein Kumpel Müller mich mit fünf Litern Rapsöl rausfetten musste. Nachdem ein Spielplatzkind mit seinem Smartphone den YouTube-Hit- »Dicker Mann steckt fest« hochgeladen hat.

Auf der Eisbahn gebe ich nicht nur ein Pfand, sondern auch meinen Stolz an der Kasse ab und bekomme eine Fahrhilfe. Meistens sind das coole Pinguine, vielleicht auch mal ein frecher Eisbär, die mit Kufen unter den Füßen vor einem über das Eis rutschen. In meinem Fall ist es ein hässlicher Zwerg, dem rechts und links zwei Griffe im Kopf stecken. Außerdem ist er verkehrt herum auf den Kufen montiert. Ich schiebe also ein kleines Wesen vor mir her, das mir permanent in den Schritt starrt und die anwesenden Erwachsenen sichtlich nervös macht.

Die coolen Kids haben dafür richtig Spaß. Sie rasen auf mich zu, bremsen kurz vor der Kollision, ziehen mir den Zwerg weg und lachen. Bis mein Blick auf die Maschine fällt, mit der die Eisbahn geglättet wird. Und schon gibt es für alle was zu lernen.

Die Betreiber der Eisbahn erkennen, dass man den Schlüssel zur Eismaschine nicht stecken lassen sollte, die Jugendlichen, wie schnell man vom Jäger zum Gejagten wird, und ich, wie falsch es ist, mehrere Straftaten zu begehen, wenn man seinen Personalausweis als Pfand abgegeben hat.

Nach meinem Hausverbot und der großen Enttäuschung habe ich bei Carla etwas gutzumachen, also nehme ich sie mit, als ich übers Wochenende auf die Wohnung meines Kumpels Noah aufpasse. Noah ist ein riesiger Tierfreund. Es würde mich nicht wundern, wenn er eines Tages anfangen würde, in seinem Garten eine große Arche zu bauen.

Als wir ankommen ist Carla sofort begeistert. Auf dem Balkon leben mehr oder weniger flugunfähige Vögel hinter einem Netz, im Vorgarten tummeln sich Hühner, und in der Wohnung selbst lebt das A–Z eines Tierlexikons. Gegen Noah wirkt Doktor Doolittle wie Cruella De Ville.

Carla ist gar nicht mehr zu beruhigen. Sie ist völlig außer Rand und Band, denn sie hat im Schlafzimmer gerade die Käfige der Hamster und Kaninchen gefunden. Anfangs läuft es noch ganz gut. Wir füttern die Fische, versorgen ein Chamäleon mit Heuschrecken, kümmern uns um die Spinne, die Eichhörnchen, die Katzen und so weiter.

Bevor ich verstehe, wie das passieren konnte, merke ich, dass es so aussieht, als hätte jemand vergessen, die Käfige nach dem Füttern wieder zu schließen. Und es sieht so aus, als wäre dieser Jemand ich.

Ein Leguan kämpft mit einer Ratte. Ein Eichhörnchen fährt in der KitchenAid Karussell. Die Wärmelampe der Schlange fällt gerade ins Aquarium und es riecht nach Bratfisch. Und Bratkatze, denn die hatte gerade ihre Pfoten im Wasser. Die Schlange schlängelt sich ins Kinderzimmer, um mit den Kaninchen zu kuscheln, sie hat echt viel Liebe zu geben. Die Hamster erleiden beim panischen Fluchtversuch durch das Hamsterrad kollektiv den Herzinfarkt. Darwin hätte seine helle Freude und auf YouTube würde das, was in der Wohnung passiert, sicher ruckzuck viral gehen. Das Chamäleon färbt sich rot.

Ich gehe auf den Balkon, um etwas Luft zu schnappen. Jetzt findet eine Art Schüler*innenaustausch statt. Katze raus, Vögel rein. Die Katze setzt zu einem kraftvollen Sprung an, donnert in das Netz am Rand des Balkons, reißt es ab und macht Bekanntschaft mit der Schwerkraft. Ich dachte ja, Katzen landen immer auf ihren Pfoten. Stimmt nicht. Manchmal landen sie auch auf Hühnern. Während es im Vorgarten massenhaft Hühnerfedern schneit, wird die Wohnung zum Fight Club. Ich gehe wieder rein, um Carla zu beschützen.

Während die Schlange ein paar flugunfähige Vögel wegsnackt, denke ich an mein gutes altes Nokia 5110. Als die letzte überlebende Ratte einem Leguan den Hals durchgebissen hat und kampflustig nach neuen Gegnern Ausschau hält, schnappe ich Carla und verlasse die Wohnung.

Noah spreche ich auf die Mailbox, dass er nicht nach Hause kommen sollte, bevor ein Tatortreiniger mal ein bis zwei Tage lang ordentlich durchgewischt hat. Und Carlas Eltern rufe ich auch an, denn die Sache mit dem Haustier hat sich wohl erst mal erledigt.

Mein Body ist ein Wonderland

Meine Damen und Herren, das nächste Objekt wiegt 95 Kilo auf 185 Zentimetern Leinwand und seit vier Jahrzehnten wird darüber diskutiert, was der Künstler uns eigentlich damit sagen wollte. Farblich haben wir es mit einem blassen Pastellton zu tun, welches sich unter Einwirkung der Sonne schnell in ein Dunkelrot verwandelt.

Erstzulassung war 1982, an den Füßen ist es bodenständig, Schuhgröße 46 sorgt für eine gute Straßenlage, rechts und links liegt ein Knick-Senk-Spreizfuß vor, alles in allem würde ich sagen: Geht so – hahaha.

Die Knöchel sind in Ordnung, rechts gab es ein paar Bänderrisse und Überdehnungen, aber links ist noch alles top. Ist eben kein klassisches Sportmodell.

Dezente Dellen an den Schienbeinen vom Austreten einzelner Straßenlaternen vor Millionen von Jahren.

An den Knien haben wir leichte Laufgeräusche. Waden und Oberschenkel sind massiv gebaut, die Beckenregion ist vorne 1a, auf dem Hintern sitzt es sich gut. Sowas baut man heute gar nicht mehr.

Vintage ist auch die kleine Operationsnarbe in der Leistengegend und wenn ich klein sage, meine ich: »Es waren die 80er, da hat man nur darauf geachtet, dass das Loch zu ist.«

Am Bauch haben wir Hüftgold – sehr wertvoll –, den Bauchnabel sollte man hin und wieder leeren. Der Rücken ist das Sorgenkind. Da gab es ein paar Vorfälle, aber die wurden immer in Vertragswerkstätten auskuriert.

Die Arme sind gut, die wurden mal aufgerüstet und der Lack teilweise erneuert. Der Hals ist Standard. Am Kopf haben wir ein Feuermal, die Nasen- und Ohrenhaare sind dank regelmäßiger Wartung gut eingestellt, am Hinterkopf ist die Behaarung nicht mehr vollständig, dafür gibt es einen Bart am Kinn, der je nach Lichteinfall sehr dicht oder sehr nicht-dicht wirkt, und man kann optisch gut mit einer Kopfbedeckung arbeiten.

Bei den Augen wurde die Brille nachgerüstet, es kann aber auch mit zugekniffenen Augen einfach weniger sehen. Die Pupillen sind verschieden groß, das hat keine Auswirkungen auf die Funktionalität. Die Nase ist recht selten verstopft, sollte das Durchschnäuzen nicht reichen, muss man eben mal kurz nachpopeln.

Die Ohren sind recht klein, und ja, da sind ein paar Löcher aus der Zeit, als Mann noch Ohrringe trug, ohne Darsteller bei »Fluch der Karibik« zu sein.

Das Gehirn ist die Standardausführung mit den Zusatzpaketen Humor und Selbstzweifel, die Kiste braucht manchmal etwas, um warmzulaufen, aber dann kann man schon von gehobener Mittelklasse sprechen.

Die Stimme funktioniert, muss nur ab und an geölt werden. Leber, Lunge und Niere haben die klassischen Abnutzungserscheinungen.

Im Magen haben wir eine Menge Stauraum, da gibt es sogar ein Extrafach für Süßigkeiten, selbst wenn er eigentlich schon voll ist, passt da auf jeden Fall noch ein Eis rein. Oder vier.

Der Treibstoff ist variabel, Ernährung war in den letzten Jahren ganz gut, nachfetten muss man jedenfalls nirgends. Man kann sagen, dass wir es hier mit einem Liebhaberstück zu tun haben. Rundum ist es in Ordnung, da können Sie mir vertrauen. Ich habe es sehr oft im Spiegel angeschaut, mich mit ihm arrangiert und abgefunden, es akzeptiert und abgetastet, lieben gelernt. Inzwischen prallt oberflächliche Kritik an diesem Körper ab wie Flummis von Betonplatten.

Es gibt sportlichere Modelle, größere Meisterwerke, aber ich sage mal so: Ein Vulkan gilt als aktiv, wenn er in den letzten 10 000 Jahren ein Mal ausgebrochen ist. Da kann ich mithalten.

Kapitel 7: Zu spät

Das ist nicht nur der Song, der mich zum Premiumfan der Ärzte gemacht hat, sondern auch ein Thema von mir. Eigentlich bin ich pünktlich. Wirklich. Also wenn es drauf ankommt. Ab und an trete ich in ein Zeitloch, gerade bin ich noch super in der Zeit, dann gehe ich mal kurz mit dem Handy aufs Klo und zack – dreißig Minuten zu spät.

Grundsätzlich bin ich immer dann pünktlich oder eher zu früh, wenn ich weiß, dass es der Person, die ich treffe, wichtig ist. Oder wenn die Uhrzeit von Bedeutung ist, weil wir zum Beispiel ins Theater gehen.

Darüber wollte ich aber eigentlich gar nicht reden. Mir ist aufgefallen, dass ich auch mal drastisch zu spät sein kann, nämlich ein paar Jahre.

Ich habe meine Ausbildung ein Jahr später angefangen, weil ich noch Zivildienst machen musste, beim Start meines Germanistikstudiums war ich 24 und damit schon ein ganzes Stück älter als meine Kommiliton*innen. Slam habe ich mit 29 angefangen, mit 34 mein zweites Studium und mit 37 war ich dann zur großen Freude meiner Mutter endlich in einer unbefristeten Festanstellung.

Nach dem Abitur war ich nicht mehr mit Gleichaltrigen zusammen und das hat nicht nur Vorteile. Ich kenne das Gefühl, eine andere Sprache zu sprechen, andere Themen zu haben und an einem anderen Punkt zu stehen. Glücklicherweise bin ich sehr infantil und man merkt mir nicht immer an, dass ich der Älteste bin.

Ich habe mit dem Älterwerden überhaupt kein Problem, denn mein Leben wird immer selbstbestimmter, ich weiß genau, was ich will und was nicht. Die Menschen, die mir guttun, bleiben, und die, die es nicht tun, bleiben weg. Ich bin entspannter, mutiger und weiß, dass viele Fehlschläge mich nicht umbringen.

Nur bin ich eben nie ein Newcomer gewesen. Literaturpreise richten sich an die etablierten Autor*innen oder haben gerne ein Maximalalter angegeben, dem ich schon lange entwachsen bin.

Auch in meiner Familie war ich relativ spät dran. Meine Schwester ist acht Jahre älter als ich, meine Eltern waren über 30 und an meine Omas und Opas erinnere ich mich nur als Rentner. Leider haben sie mich nicht so lange live im Leben begleitet, wie ich es mir gewünscht hätte, dafür hatte ich als Kind, Jugendlicher und junger Erwachsener eine wunderschöne Zeit mit meinen Großeltern, hatte fantastische Vorbilder und habe heute noch eine Schatzkiste voller Erinnerungen. Das erklärt auch, warum alte Menschen so eine besondere Rolle in vielen meiner Texte spielen.

Kapitel 8: Alte Leute

Familie reimt sich nicht auf Spaß

»Alter, wie geil ist es, früh aufzustehen?«, ist so ein Satz, den ich eher selten sage. Genau wie: »Wow, was für ein schickes Wandtattoo!« Ich bin so wenig ein Morgenmensch, wie der Stachelrochen ein gutes Haustier ist, und ich war es noch nie. Im Gegensatz zu meinem Opa. Der ist morgens um 6 Uhr schon seit zehn Stunden wach und da kann man ja fast verstehen, dass er ab 7:30 Uhr schon ungeduldig auf mich wartet.

Mein Opa ist aber nicht nur ein Frühaufsteher, sondern auch fast blind, was ihn allerdings nicht davon abhält, bei jeder gemeinsamen Bauaktion die Säge zu bedienen, denn das ist nix für »die Kinder«. Die Kinder sind zwar alle über 30 und würden gerne einmal mit geraden Brettern arbeiten, aber das zählt nicht. »Nein, ich bin schon satt«, zählt übrigens auch nicht, meine Oma kommentiert diesen Satz gerne mit »Quatsch!« und befüllt einfach nochmal den Teller.

Ich mag meine Familie. Sehr. Aber ich mag auch Schnaps und habe in den letzten Jahren festgestellt, dass es bei beidem auf die richtige Dosis ankommt.

Neulich hat meine Mutter beschlossen, dass wir zu wenig Zeit miteinander verbringen. Mh-mh. Da würde ich gerne mal drüber diskutieren. Aber Mama zu widersprechen, ist wie eine mit Spiritus gefüllte Wasserpistole – keine gute Idee. Und was könnte schöner sein, als mit Oma und Opa jedes Wochenende Spieleabende zu veranstalten? Viel. Doch Mama ist wie die Digitalisierung. Ob du willst oder nicht, sie setzt sich durch. Statt der teuren Originalspiele zocken wir allerdings günstige Alternativen berühmter Brettspiele wie Jonga, Mönch ärgere dich nicht oder Spiel des Lobens.

Heute sind wir in einem Escape Room. Oma, Opa, Mama, mein Cousin Alfred und ich. Als Teamname wollte ich »Die fantastischen Fünf«, Opa »Fünf gegen Willi« und Alfred »Die ?????«. Jetzt heißen wir dank meiner Mutter offiziell »Die Super-Knobler«.

Bei der Auswahl der Räume ging es weiter. Das U-Boot erinnerte Opa an den Krieg, die Zombie-Apokalypse erinnerte Oma an Opa, Alfred wollte einen Schrottplatz, ich nach Hause. Es wurde das Sherlock-Holmes-Zimmer. Ein aufgemaltes Fenster, ein schwerer Teppich, ein Schreibtisch, eine Couch und ein Bücherregal. An der Wand hängen Fotos. Opa legt sich auf die Couch und macht ein Nickerchen. Oma schaut sich alle Fotos an. Auf dem Schreibtisch liegt neben einer Schreibmaschine ein blauer Umschlag. Wir haben eine Stunde Zeit, den Schlüssel zur Tür zu finden und zu entkommen.

Leider bin ich ein Wettkampf-Typ. Egal, wie dumm die Herausforderung ist, ich nehme sie an. Daher weiß ich, dass genau 14 mittelgroße Trauben in meinen Mund passen, dass ich zwölf Schnäpse trinken kann und dass Parcour einfacher aussieht, als es ist. Ich weiß auch, dass man nicht mit seinem Drei-Fragezeichen-Detektivset versuchen muss, Fingerabdrücke von dem Umschlag zu nehmen, Alfred! Ich habe mir das jetzt 30 Sekunden lang angeschaut. Ich war wirklich geduldig. Das ist ein Spiel auf Zeit und Alfred ist wie der Keil einer Tür, er hält auf. Oder wie ein

Bremsklotz – er bremst. Jetzt macht er einen Gipsabdruck meiner Sneaker, nachdem er schwarzes Pulver auf dem gesamten Schreibtisch und der Schreibmaschine verteilt hat. Ich hasse Alfred.

Opa wacht auf und muss aufs Klo.

»Gibt es keinen Notfallknopf in einem Panic Room?«, fragt meine Oma.

»Escape Room«, sage ich.

»Ich müsste dann jetzt mal«, meint Opa.

»Wo ist denn der Unterschied?«, fragt Oma.

»Man flieht *in* einen Panic Room und *aus* einem Escape Room«, sage ich.

»Dringend«, meint Opa.

Ich möchte gerade sagen, dass wir nicht wirklich eingeschlossen sind, da schnappt sich Oma die Schreibmaschine und wirft sie aus dem aufgemalten Fenster. Hat ganz schön viel Wucht, das Ding, jetzt klafft ein großes Loch in der Gipswand. Opa kann aufs Klo, wir sind escaped. Das Ganze hat 17 Minuten gedauert und wir haben nicht ein einziges Rätsel gelöst. Das nenne ich effektiv. Die Frau vom Escape Room nennt das Sachbeschädigung.

Mein Opa bietet an, das Loch selbst zu reparieren. Morgen um 8 Uhr fangen wir an. Alfred nimmt Fingerabdrücke von allen Mitarbeiter*innen. Meine Oma zaubert ein paar selbstgemachte Frikadellen aus ihrer Handtasche und meine Mutter plant unser nächstes Familienevent.

Hätte schlimmer kommen können. Mit der richtigen Menge Schnaps macht sogar Spiel des Lebens Spaß. Und mit den richtigen Leuten ist Familie voll in Ordnung. Selbst Alfred.

Opas Fauxpas

Meine Großeltern waren schon alt, als ich auf die Welt kam. Jung, als Geschichtsbücher noch Zeitungen waren, und glücklich, wann immer sie konnten. Ihre Lachfalten sind hart erarbeitet, wie alles, was sie haben. Ihr Garten ist ihre Oase und ich bin ihr Lakai, der ahnungslos und erdverschmiert durch die Beete kriecht wie ein Regenwurm nach einem Gewitter.

Wir sind uns alle einig, dass ich für die Gartenarbeit so gut geeignet bin wie ein Presslufthammer zum Eierschälen, aber sonst ist keiner da, also arrangieren wir uns. Während Oma mit verschränkten Armen jeden meiner Schritte überwacht, sitzt Opa mit einem riesigen lila Filzhut auf der Terrasse und schaut uns neugierig zu. »Entschuldigung?«, fragt er mich. »Wer sind Sie nochmal?«

»Ich bin der Gärtner«, antworte ich.

»Na, dann ist ja gut.«

Oma bei der Gartenarbeit zufriedenzustellen, ist, wie für Lord Voldemort eine Brille zu entwerfen, die ihm nicht von der Nase rutscht – unmöglich.

Inzwischen hat sie zwar keine allzu hohen Erwartungen mehr, dafür aber einen ganz speziellen Humor. Wespennestattrappen im Werkzeugschuppen, prächtige Plastikspinnen in den Blumentöpfen, versteckte Schaufeln und Scheren, Zahnpasta auf den Gießkannengriffen, das ist ihr

Ding. Ab und zu bewirft sie mich auch mit irgendwas, um mich anzuspornen. Ein Klassiker ist das Ziehen des Rasenmähersteckers, wenn ich gerade in der letzten Ecke des Gartens beschäftigt bin.

»Hast du mich gerade mit einem Regenwurm abgeworfen, Omi?«

»Ja.«

»Und was ist das hier für eine Blume?«

»Das ist Erdrauch, Unkraut, raus damit.«

»Entschuldigung«, sagt Opa »sagen Sie mir nochmal kurz, wer Sie sind?«

»Ich bin Talentscout vom DFB, spielen Sie Fußball?«

»Na klar!«, sagt er und strahlt.

Manchmal sagt Opa, er sei ein Dementor. Weil er vergisst, wie seine Krankheit heißt, aber noch weiß, dass er Humor hat. Er weiß sowieso sehr viel, nur nicht immer im richtigen Moment. Er weiß, dass wir im Sommer immer zusammen Eis essen. Er weiß, wie seine Kindheit war, wo er zur Schule gegangen ist und dann Arbeit und Frau und Kinder und Krieg, überleben, was aufbauen und feiern und dann ... Dann kommt der Nebel. Dann rutschen die Erinnerungen durcheinander wie Schnee in Lawinen und bilden abstrakte Formen wie in einem Kaleidoskop.

Oma sagt, alt werden ist schön, alt sein nicht. Dann sage ich meistens irgendwas, was nicht so schlau ist, und sie lächelt, was mir zuverlässig zeigt, dass sie ihr Hörgerät gerade nicht angestellt hat. Das haben Oma und Opa sehr clever verteilt. Opa kann prima hören, Oma sieht erstklassig. Gemeinsam sind sie ein kompletter Superheld. Oma wirft mit einem Apfel. Sie kann echt gut zielen.

»Au! Was ist das hier?«

»Johanniskraut und Knöterich. Ach, die Jugend von heute hat echt keine Ahnung!«

»Omi, ich bin von der Jugend von heute so weit entfernt wie Opa vom Memory-Weltmeistertitel.«

Sie schüttelt den Kopf und macht ihr Hörgerät aus. Macht mich neidisch, so ein Mute-Knopf für die Welt. Manchmal würde ich auch gerne vergessen.

Ganz gezielt. Die erste unglückliche Liebe, das größte Scheitern, die schlimmste Blamage. Doch sortiert man nicht selbst aus und wirft Gedankensäcke in den Alterinnerungscontainer, eher werden wohlsortierte Aktenschränke des Denkens geentert vom Wesen des Vergessens. Gedächtnisdiebesbanden auf brutalem Beutefang, Flohmarkt der Erinnerung, Schnäppchen gefällig? Hier entlang!

Synapsen und Areale mit riesigem Datenvolumen erliegen dem Kollaps, verwelken wie Blumen in Vasen ohne Wasser, was Opa vorher noch wusste, jahrelang gespeichert wie Vorratsdaten oder in inneren Bildern gesichert, sickert nun aus diesem Hirngespinst von zwei Gehirnhälften, die eigentlich eins sind, und geistige Hängebrücken werden eiskalte Wissenslücken.

Oma nimmt Opa ihren Hut vom Kopf und schaut ihn traurig an. Opa überlegt kurz, dann nimmt er ihre Hand und sagt: »War nur Spaß.«

Das ist sein Rettungsanker. Sein bester Trick. Wenn er ohne Hose in einem Café sitzt und keinen Kaffee bestellen darf. Wenn er nicht mehr weiß, wo er wohnt, wenn die Jahreszahl weg ist. Wenn er merkt, dass seine Antwort zwar passt, aber irgendwer die Frage ausgetauscht hat. »War nur Spaß.«

Oma wirft mit einem Igel, weil ich wieder Pause mache.

Ich hole den Rasenmäher und mähe bis in die entlegenste Ecke, Oma zieht den Stecker, ich laufe und stecke, mähe, sie lacht, irgendwann bin ich fertig. Ich weiß, dass es nicht für immer so weitergeht, aber gerade ist es gut. Die späte Sonne scheint auf die lustige Oma, den Dementor und mich, die drei Musketiere.

Irgendwann wird der Garten nicht mehr der meiner Oma sein und mein Opa wird aus meinen Erinnerungen bestehen, statt auf seine reduziert zu werden. Vielleicht werde ich selbst Dementor, wer weiß. In jedem Fall ist dieser Moment so perfekt, wie es nur geht, und ich werde ihn schwerlich vergessen, denke ich, als die Plastikspinne, die Oma mir ins Eis geschmuggelt hat und die ich ihr zuliebe in den Mund genommen habe, anfängt, auf meiner Zunge zu krabbeln.

Höher, schneller, Walter

Auf den Straßen stehen Wagen,
auf den Wegen weht der Staub.
Walter hat eine Mission,
er übernimmt den Broteinkauf.

Mit Rollator und mit Vorsicht
rollt er umweglos zum Bäcker,
das hat er schon oft gemacht,
er kauft Weißbrot, das ist lecker.

Modern Talking aus nem Auto,
Nordic-Walking-Stöcke klicken
ja, die Stadt ist wirklich voll hier,
aber Walter kann man schicken.

Auf dem Radweg parkt ein Fahrzeug,
DHL, das ist verboten,
ein paar Cityroller rasen
auf dem Gehweg, die Idioten!

Hier ein Sportstudent,
er radelt für den Bringdienst und er flucht,
doch der DHL-Mann
hat sich diesen Stress nicht ausgesucht.

Wenn's nach ihm ging
dürften Prime-Besteller wählerischer sein,
doch die Umsätze, sie steigen,
also steigt er wieder ein.

Und der DHL-Truck stockt
dank einer Action-Segway-Tour
und der Fahrer denkt sich:
»Diggi, wieso machen die das nur?«

Viele Segways, wenig Action,
an der Spitze segwayt Klaus,
er ist stolz und sieht dabei
halt maximal bescheuert aus.

Walter gönnt sich eine Auszeit,
kurze Pause vor dem Schlecker,
schnell verschnaufen, weiterlaufen,
schon geht's rein zum Bäcker.

Ein Sturm kommt auf, schnell wie der Schall
pest Peter vorbei auf seinem Ross aus Metall
in Hosen, die stolz seine Waden lobpreisen,
die Nerven, die Sehnen gespannt zum Zerreißen,
die Welt ist ein Fahrradweg, er ist Bike Tyson.

Kein Scheppern und Quietschen,
denn jede Schraube sitzt.
Lass die Faulenzer scooten,
der Fahrradgott schwitzt!

Er tritt wild in die Pedale,
lässt die Zahnräder glüh'n,
das ist alles, was er braucht,
und die Ampel wird grün.

Er ist rider on the storm
und das Fahrrad ist sein Horse.
Er schwitzt leider ganz enorm
auf seiner eignen Tour de France.

Dieses Rennrad gibt ihm Freiheit,
dieses Rennrad gibt ihm Mut,
er rast blind über den Bordstein
– finde ich jetzt nicht so gut.

Unser Walter vor dem Bäcker
ist ein wenig irritiert,
denn der Fahrradgott hat rasend
ihm sein Brot pulverisiert.

Nach dem Schock ein Schulterzucken,
wieder in den Laden.
Mein Gott, Walter hat Geduld,
da kannst du wirklich jeden fragen.

Auf dem Trottoir lässt der Südwind
bunte Plastiktüten steigen,
in den Schaufenstern Konsumgut,
Qualität zu fairen Preisen.

Auf der Suche nach 'nem Parkplatz
fährt Valeska um den Block.
Wieso gibt es hier kein Parkhaus,
so macht Shopping keinen Bock!

Dann erblickt sie eine Lücke,
bisschen knapp, das wird echt hart,
und sie rast mit Anlauf
dummerweise direkt in 'nen Smart.

Tja, da kannste wohl nix machen,
so kann's gehen,
c'est la vie!
Unser Lieblingsrentner rollt hinzu in diese Szenerie.

Smart trifft Roller, Roller Fahrrad,
Fahrrad erschreckt Tauben.
Walter wirft aus Schreckreflex sein Brot weg,
nicht zu glauben!

Dieses Mal kauft er auf Vorrat,
drei Baguettes, gar kein Problem,
und er trägt sie stolz, die Brote,
wie olympische Trophäen.

Eins gibt er 'nem Obdachlosen,
niemand sollte Hunger leiden
und rein optisch lässt sein Backwerkwohlstand
sich nur schwer bestreiten.

Was er mit dem Zusatzbrot soll,
weiß der Gute leider nicht.
Hundeleine in die Beine
und das Weißbrot bricht.

Doch der Hund läuft eilig weiter
und der Halter hinterher,
ein Baguette ist noch geblieben
und was will denn Walter mehr?

Als der Gute in die Tram eilt
– sie ist voll und er muss steh'n –,
und die Tür schließlich das Brot teilt,
ist die Wut ihm anzuseh'n.

Früher war halt alles besser,
da war Brotkauf kinderleicht,
ein Baguette musste man kaufen
und das hat dann auch gereicht.

Walter ruft und Walter flucht,
hört, wie er die Stimme hebt,
schon mit 30 hatte Walter
zwei Weltkriege überlebt.

Damals gab es keine Brote,
keine Scooter, keinen Mist,
und jetzt soll er der Idiot sein,
weil er gerne Weißbrot isst?!

Walters Wut verraucht am Abend,
ist verschwunden in der Nacht.
Tja, so vieles, was man tun muss,
ist oft schwerer, als gedacht.

Kommst du auch nicht klar im Alltag,
wirkt dein Leben manchmal trostlos,
denk dran: Walter und die Kunst
sind bis heute manchmal brotlos.

Rent a Rentner*in

Es gibt einiges, das ich mir als Kind geiler vorgestellt habe, als es ist: arbeiten gehen, eigenes Geld verdienen, durchmachen, Pfefferminzschnaps.

Mein Traumjob war der des Opas, mit Hosenträgern und Hut, ein Geschichtenerzähler, der machen kann, was er will, und wenn es doch mal Ärger gibt, dann stellt er sich schwerhörig.

Jetzt bin ich erwachsen und fühle mich verarscht. Ich dachte, Altenheime seien wie eine ewige Klassenfahrt, jeder hat ein eigenes Zimmer, die Drinks sind umsonst, es gibt ein Unterhaltungsprogramm – wie geil ist das denn? Nachdem ich erfahren habe, dass die Leute nicht mal mehr alleine auf Toilette gehen müssen, war ich völlig begeistert. Und dann heißen die Heime auch noch Residenz, das klingt ja richtig herrschaftlich!

Als mein Opa dann in so eine Residenz kam, war ich schockiert. Dort ging es so lustig zu wie im Wartezimmer beim Zahnarzt. Das musste sich ändern, also gründeten wir ein Start-up: **Rent a Rentner*in** – die Service-Senior*innen.

Fühlst du dich alt?
Hast du Angst vor dem 30. Geburtstag?
Sind dir im Fitnessstudio alle haushoch überlegen?
Hier die Lösung: **Rent a Rentner*in!**

Du spielst gerne Bingo oder willst mehr Freunde auf Facebook? **Rent a Rentner*in.**

40 bad boys und girls in Beige sind in meiner Kartei und alles, was es dafür brauchte, waren Annoncen in der Apotheken-Umschau und ein paar Flyer in Schriftgröße 45.

Rentner*innen sind nicht nur historische Zeitzeug*innen und haben immer Bonbons einstecken, sie sind auch in anderen Situationen unschlagbar.

Stell dir vor, du stellst dein Fahrrad ab, hast aber kein Schloss dabei. Ein Rentner kann es dir bewachen.

Du hättest gerne ein Pony? Ich auch. Miet dir einen Rentner und er erzählt dir was vom Pferd.

Erstes Date und Angst, keinen guten Eindruck zu machen? Bring deine süße Omi mit und punkte als Familienmensch.

Der Installateur kommt zwischen 9 und 19 Uhr?
Rent a Rentner*in!

Du brauchst mehr Übung für den Enkeltrick?
Rent a Rentner*in!

Du verlierst nicht gern bei Memory?
Rent a Rentner*in!

Du suchst nen Fanclub für die CDU?
Rent a Rentner*in!

Wir haben die Zeit, die den jungen Leuten fehlt.

Genervt vom Callcenter? Lass jemanden ran, für den Zeit keine Rolle spielt. Dann wollen wir mal sehen, wer hier wem auf die Nerven geht.

Planst du einen Bankraub und brauchst einen Fluchtwagenfahrer?

Ein paar meiner Leute haben noch den Führerschein.

Du willst das neue iPhone, aber nicht dafür anstehen?

Rentner*innen können sich erstklassig vordrängeln, sie stehen gerne früh auf und wenn sie am Rollator gehen, haben sie immer einen Sitzplatz dabei.

Bock auf Eierlikör? #Omasaufen!

Du suchst Entschleunigung? Wir gehen mit dir shoppen und zahlen in Kleingeld.

Ich habe große Rentner*innen, kleine Rentner*innen, junge, schwere, leichte Rentner*innen. Ich biete den*die Rentner*in für jeden Zweck.

Ob du für die Geisterbahn eine zahnlose Mumie brauchst oder jemanden, der auf deine Kinder aufpasst. Statt einen Urlaubstag auf der Behörde zu verbringen, kannst du dir jemanden mieten, der das für dich tut.

Es ist doch dämlich, dass die Lebenserwartung kontinuierlich steigt, die Bedingungen fürs Alter aber immer schlechter werden. Als würde sich dein Urlaub ständig verlängern, aber jede Woche verschwindet ein Gegenstand aus deinem Zimmer. Als würdest du alle Zeit der Welt kriegen und sie alleine beim Zahnarzt verbringen dürfen.

Mein Opa hat mich immer beschützt. Er war kugelsicher und unaufhaltsam. Ich habe ihm das Gefühl gegeben, dass er gebraucht wird, und er mir die Sicherheit, dass alles gut wird. Sein Wissen und meine Fragen waren ein unschlagbares Team.

Alt zu sein ist relativ, frag doch mal ein Kindergartenkind, wie alt Oma und Opa sind. Und es ist relativ geil, wenn man es genießen kann.

Falls du nicht klarkommst mit den Kerzen auf deiner Torte, dann gebe ich dir einen Tipp: Der beste Weg, sich jung zu fühlen, ist, Zeit mit Älteren zu verbringen. Davon haben alle was. Und falls du spontan keine alten Leute griffbereit hast – **Rent a Rentner*in!**

Kapitel 9: Besondere Auftritte

In den letzten zehn Jahren hatte ich über 800 Auftritte und die meisten davon waren schön. Und falls sie mal nicht schön waren, dann lag das oft an mir. Ich könnte davon erzählen, dass ich in der Alten Oper in Frankfurt vor mehr als 2 000 Menschen moderieren durfte, wie schön es in diversen Finalen war, welche tollen Menschen ich auf Tour kennengelernt habe und wie viele von ihnen mehr als Kolleg*innen geworden sind. Am unterhaltsamsten sind allerdings die schlimmen Auftritte, vor allem, wenn man sie überstanden hat.

Slam ist ein Chamäleon, es passt sich an und in viele Situationen. Ich habe schon vor Trinkhallen, in Kirchen, Kinos und Clubs, in Gärten, Museen und Cafés gespielt, in Sparkassen, der Schulaula, einer Schreinerei, einem Küchenstudio, Bibliotheken, hinter Schattenwänden usw. Prinzipiell eignet sich jede Location für einen Slam, man braucht natürlich ein bisschen Werbung, damit ein Publikum kommt, etwas Budget für die Künstler*innen, Getränke und Essen sind optional, aber eigentlich verpflichtend, ebenso wie ein Backstage.

Wenn man das alles hat, geht es ans Eingemachte: die Technik. Eine schlechte Beleuchtung ist schlecht, aber besser als eine fehlende, ein grüner Spot, durch den alle Auftretenden aussehen wie Shrek, ist mies, aber besser als eine kleine Stehlampe, in deren schwaches Licht man sein Blatt halten muss, um davon lesen zu können.

Und wer schon mit schlechtem Licht seinen Spaß hat, der kommt mit dem Ton endgültig auf seine Kosten. Ein Monitor auf der Bühne lässt die Poet*innen ihre eigene Stimme hören und einschätzen und kann Sicherheit schaffen. Viel wichtiger ist aber, dass es überhaupt eine Anlage gibt, genug Mikrofone, Boxen, die nicht rauschen, und eine Person, die diese Geräte bedienen kann.

Ein Auftritt, während dem das Publikum sagen muss, dass man nicht oder nur schwer verstanden wird, eine rauschende und knisternde Box, ein Techniker, der währenddessen mehrfach das Mikrofon wechselt, kann dem besten Text die Strahlkraft nehmen.

Wir haben einmal in einer Kirche einen Slam veranstaltet und, so schön der Raum auch war, so grundsätzlich gelungen der Abend – die Akustik war für alle anstrengend und von den Texten konnte man nur Teile verstehen.

Im Team hatten wir nicht selten damit zu kämpfen, dass nur ein Mikrofon vorhanden war. Das hätte man nun wirklich nicht vorher wissen können, dass zwei Auftretende, die synchron sprechen, auch zwei Mikrofone brauchen.

In meiner Sammlung von schlechten Erfahrungen hat sich eine Top 7 entwickelt, über die ich mit dem nötigen zeitlichen Abstand inzwischen lächeln kann.

1 »Das wird jetzt nicht so ein richtiger Slam«

Wir standen noch nicht lange auf der Bühne, hatten gerade erst unser Team gegründet und waren hungrig nach Auftritten. Beim Schreiben der Texte hatten wir eine Menge Spaß, jetzt wollten wir schauen, ob sich der auch transportieren ließ. Wir brauchten keine Fahrtkosten, keine Gage, nur eine Bühne und ein Publikum. Also los!

Da wir niemanden aus der Szene kannten – ehrlicherweise hatten wir uns auch keine Gedanken darüber gemacht, dass es in Hessen eine organisierte Szene geben könnte –, nahmen wir einfach die erste Anfrage an. Die Location war ein Jugendzentrum, warum auch nicht, es gab eine kleine Bühne und sogar zwei Mikrofone für uns. Der Moderator und Organisator wirkte sehr überfordert, aber was wussten wir schon? Unsere Fragen nach Modus, Auftrittslänge, Reihenfolge und Abstimmung irritierten ihn bloß. »Das wird jetzt nicht so ein richtiger Slam«, meinte er.

Okay dachten wir. Im Einzel waren wir ein Dutzend Mal aufgetreten, also quasi Profis. Was konnte schon schiefgehen?

A) Das Line-up. Es gab kein Line-up. Nachdem wir uns auf eine Reihenfolge geeinigt hatten, war uns klar, dass die Veranstaltung ein sehr bunter Abend werden würde. Eine Person rappte ohne musikalische Unterstützung, der Moderator las ein paar Kurzgeschichten vor, jemand spielte auf einer akustischen Gitarre und sang dazu dissonant, ein »Comedian« eröffnete sein 15-minütiges Set damit, dass er eigentlich nur als Zuschauer kommen wollte und selbst davon überrascht worden sei, jetzt auftreten zu müssen, na gut, aber er habe ein paar Notizen im Handy, mit denen könne er was anfangen. Er las sie wörtlich vor und dann versuchte er, sich zu daran zu erinnern, was er beim Verfassen damit gemeint hatte.

B) Das Publikum. Es gab kein Publikum. Zumindest nicht im klassischen Sinne. Es gab durchaus Jugendliche, die regelmäßig vorbeikamen, um zu kickern oder zu chillen, nur hatten sie überhaupt keinen Bock auf Poetry Slam. Ein paar gingen direkt wieder, zwei setzten sich aus Höflichkeit vor die Bühne, dazu kamen dann noch die Mitarbeiter*innen des Jugendzentrums und die Menschen, die die Auftretenden mitgebracht hatten. Das Verhältnis von Stühlen zu Menschen war 40:12.

C) Die Geräuschkulisse. Es gab eine Geräuschkulisse. Nur weil auf der Bühne irgendwer irgendwas vortragen wollte, mussten die Jugendlichen ja nicht darauf verzichten, im Nachbarraum zu kickern. Sie hämmerten die Bälle mit einer Lautstärke durch die Konstruktion, dass es eine helle Freude war, und riefen dazu voller Ekstase wilde Flüche.

Auf eine Abstimmung wurde dankenswerterweise verzichtet und als wir den Auftritt hinter uns gebracht hatten, falteten wir uns in Robins kleinen, roten Ford Fiesta und fuhren, so schnell es ging, nach Hause.

2 Die Blasenentzündung

Dass dieser Abend mir in lebhafter Erinnerung geblieben ist, hat mit Slam ausnahmsweise nichts zu tun. Gut, es gab eine Diskussion über meine Fahrtkosten, die ich lieber geführt hätte, als ich noch nicht angereist war, aber das kann vorkommen. Inzwischen weiß ich natürlich, dass man im Vorfeld verbindlich und konkret die Fahrtkosten abspricht, um keine bösen Überraschungen zu erleben. Das war auch nicht das Problem.

Das Line-up war perfekt ausgewählt, es gab ein gut gelauntes, faires Publikum, die Technik funktionierte, der Raum war toll – auch das war nicht das Problem.

Meine Laune hatte sich nach der anfänglichen Fahrtkostendiskussion schnell erholt, ich hatte Bock und der Plan war, dass ich nach dem Slam die zweieinhalb Stunden in meine Heimatstadt fahren würde, um dann zum ersten Mal bei meiner Freundin zu übernachten. Kein Problem.

Der Backstage war ein kaltes Gewölbe, es gab einen Stuhl zu wenig, also saß ich die meiste Zeit auf kaltem Stein, trank viel Wasser und aß die Schokolade, die für die Auftretenden auf einem langen Tisch bereitgestellt worden war. Nach dem ersten Text musste ich auf die Toilette. Kommt vor. Fünf Minuten später wieder. Okay ... Und wieder. Während meines zweiten Texts und der Finalabstimmung auch. Und auf der Heimfahrt ungefähr sieben Mal. Das war komisch. Ich kam bei meiner Freundin an und verabschiedete mich direkt in ihr Bad.

Ich hätte ihr in dieser Nacht gerne mehr gesagt als nur, dass ich eine Blasenentzündung hatte, aber es hat unserer Beziehung keinen Abbruch getan. In der ersten Nacht gemeinsam die Farbe des Urins zu begutachten, sorgt sehr schnell für eine gewisse Vertrautheit.

3 Digital Detox

Es gab eine Zeit, da wollte ich einfach nur auftreten. Ganz egal, wo, ich war dabei und wollte besser werden, meine Komfortzone verlassen, an meinen Texten feilen und war hungrig nach Erfahrungen. Dafür machte ich beispielsweise Wohnzimmerlesungen. Ich hatte von einer befreundeten Musikerin erzählt bekommen, dass sie Wohnzimmerkonzerte spielte und dort einen Hut rumgehen ließ. Das seien oft schöne Abende und sehr interessante Erfahrungen. Also ließ ich mich engagieren und setzte mich in Wohnzimmer, wo ich unplugged Geschichten vortrug. Meistens war es toll, und zwar dann, wenn alle wussten, was passieren würde.

Bei Firmenfeiern und Geburtstagen habe ich daher manchmal gemischte Gefühle, denn es kam schon vor, dass eine Person Poetry Slam und mich klasse fand, mich einfach einlud und ihre Gäste damit überraschte, um es höflich auszudrücken. Es ist sehr spannend, zu beobachten, wie sehr der Mensch in der Gruppe seine Scham über Bord wirft, sich hemmungslos an der Bar volltankt, laut unterhält oder einen anderen Weg findet, sein Desinteresse deutlich zu zeigen.

Deswegen war ich zurückhaltend, als ich eine Anfrage für einen Auftritt auf einem Geburtstag bekam. Die Anfrage ging auch nicht direkt an mich, sondern an einen Kollegen aus Frankfurt, der leider nicht konnte und sie an mich weitergab. Es war ein 80. Geburtstag in einer Kleingartensiedlung, die Euphorie bei den Telefonaten im Vorfeld immens, die Gage in Ordnung, alles toll, wir waren uns einig.

Schon bevor ich mir des schädlichen Einflusses der sozialen Medien auf mich bewusstwurde, legte ich gerne mal für ein paar Tage mein Handy beiseite und genoss die analoge Ruhe. Das war mir so wichtig, dass ich keine Ausnahme machte. Wenn ich eine Woche mein Handy ausschaltete, dann blieb es aus.

Ich schrieb mir also die Adresse der Gartenanlage raus, prägte mir den Weg ein und fuhr mit genug zeitlichem Puffer los, um pünktlich da zu sein. Ich kam gut durch den Verkehr, fand schnell einen Parkplatz und stand vor der Kleingartensiedlung oder, besser gesagt, der Kleingartenstadt, denn der Begriff Siedlung ist nicht imstande, das Gelände auch nur annähernd zu beschreiben. Hatte ich mir die Parzelle aufgeschrieben, in der der Garten lag? Nein. Hatte ich ein Telefon, um die Gastgeber anzurufen? Nein.

Mir blieb nichts anderes übrig, als 90 Minuten, die ich noch bis zu meinem Auftritt hatte, durch die Siedlung zu irren. Ich habe keinen guten Orientierungssinn, hatte ich noch nie. Das erklärt, wieso ich an manchen Gärten und auch an dem kleinen Restaurant in der Anlage mehrfach vorbeikam. Ich hatte Stress, ich wurde mit der Zeit panisch und ich schwitzte. Irgendwann fragte mich ein Mensch aus dem Restaurant, ob man mir irgendwie helfen könne.

Mein Plan, die Ohren nach Partygeräuschen offen zu halten, war fehlgeschlagen, auch meine tolle Idee, immer zwei mal rechts und dann zwei mal links zu gehen, um systematisch das ganze Areal zu erforschen, hatte mich nicht weitergebracht. So stand ich also im Restaurant, denn dort gab es ein Telefon, nur hatte ich die Nummer natürlich in meinem Handy und das war zuhause, weil ich ja gerade Urlaub machte vom Stress der digitalen Welt. Es gab im Restaurant sogar eine Liste mit den Pächter*innen der Parzellen, also brauchte ich nur den Namen, aber ... Was soll ich sagen? Ich hatte ihn in der Hektik und dem Stress schlichtweg vergessen.

Mit hängenden Schultern ging ich nach zwei Stunden Suche zurück zu meinem Auto, fuhr nach Hause, schaltete mein Handy an und rief auf dem Geburtstag an, den ich leider verpassen würde.

4 Rücken

Der Cocktail meiner Schwächen besteht nicht nur aus Unsicherheit, depressiven Episoden, geringer Selbstfürsorge und sehr geringer Energie, ich habe auch immer mal wieder mit Rückenschmerzen zu kämpfen. Die drücke ich gerne so lange weg, bis selbst die Schmerzmittel nicht mehr helfen, und muss dann hin und wieder ins Krankenhaus, um eine Schmerztherapie zu bekommen. Aber das hält mich nur bedingt auf.

Ich hatte mit meinem Kollegen Clemse einen sehr schönen Slam im Frankfurter Gallusviertel, der neben tausend Vorteilen auch den hatte, dass wir im Sommer nach draußen konnten. Wir mussten die Entscheidung vier Stunden vor Einlassbeginn treffen, dann begann der Aufbau. Bei diesen Open-Airs feierten wir unter anderem Sommerweihnachten und brachten auf diesem Weg Plätzchen, kalten Glühwein und warme Abende zusammen.

Ich lag schon zwei Tage im Krankenhaus, als mir bewusst wurde, dass in zwei Tagen der nächste Open-Air-Slam stattfinden würde, also schrieb ich Clemse. Er meinte, das sei kein Problem, er könne den Slam auch alleine moderieren, und ich antwortete, ich würde schon irgendwie kommen, nur beim Aufbau könne ich schlecht helfen. Meine

Devise ist »lieber um Entschuldigung bitten als um Erlaubnis«, eine Lebensweisheit, die mir Navy CIS vermittelt hat. Also sprach ich meinen Ausflug nicht mit den Ärzten ab, sondern plante die Operation »Bühne statt Bett«.

Am Tag des Slams war alles vorbereitet. Meine Freundin hatte eine Tasche mit Auftrittsklamotten dabei, sie konnte mich fahren, ich hatte keine Anwendungen mehr am Abend. Nur bekam ich noch Schmerzmittel über einen Tropf. Die Sekunden fühlten sich an wie Stunden, während wir beide den Tropfen dabei zusahen, sich langsam über den Zugang in meinen Arm zu arbeiten.

Irgendwann ging mir die Geduld aus und ich stellte den Tropf schneller ein. Als er endlich durchgelaufen war, klingelte ich, der Tropf wurde gelöst, ich wartete noch kurz, bist die Luft rein war, dann ging es los. Ich zog mich um, wir sprangen ins Auto und ich kam pünktlich zum Einlassbeginn an. Ich hatte einen Zugang an der rechten Hand, war völlig benebelt von den Schmerzmitteln, niemand durfte ein Foto oder Video machen, aber ich moderierte glücklich mit Clemse.

Auf dem Rückweg kam ich leider nicht mehr einfach so ins Krankenhaus zurück, da der Eingang inzwischen geschlossen war. Ich musste zum Pförtner und ihm erklären, dass ich nach einem längeren Spaziergang gerne wieder auf mein Zimmer zurückkehren würde, er schaute mich skeptisch an und brachte mich dann persönlich bis zu meinem Krankenbett.

5 Die Horrortour

Auf Tour zu fahren, ist wunderschön. Man ist ein paar Tage am Stück unterwegs mit anderen Tour-Poet*innen, hat jeden Abend einen Auftritt und da die Fahrtkosten sich auf mehrere Auftritte verteilen, sind die Gagen in der Regel etwas höher. Eine Tour zu veranstalten, braucht entsprechend ein gewisses Budget und verursacht einen höheren Aufwand – oder man kümmert sich einfach um nichts.

Ich wurde angefragt für eine Tour in einer Gegend, die ich noch nicht kannte. Ich kannte auch die Veranstalter*innen nicht persönlich, wollte der Sache aber eine Chance geben und klärte die Rahmenbedingungen ab. Das Budget war knapp, ich schraubte die Fahrtkosten für drei Auftritte auf 100 Euro runter, eine Gage gab es nicht, aber ich hatte ein Buch zu verkaufen und Bock auf die Auftritte.

Am ersten Tag reiste ich an, ich war müde, es gab keinen Backstage, ein Freigetränk wäre wohl machbar, mehr aber auch nicht. Essen passte nicht mehr ins Budget, weil außer mir noch ein weiterer Reise-Poet eingeplant war. Nun gut. Auch das ist Slam.

Die Location war ein kleines, schönes Café, im Publikum saßen 30 Menschen, die Reihenfolge wurde vor dem Auftritt ausgelost, soweit so gut. Dann begannen die zwei Moderatoren, den Abend zu eröffnen. Zu zweit zu moderieren, ist nicht leicht. Man muss sich kennen, der anderen Person Platz und Pausen bieten, sich aufeinander verlassen und gut aussehen lassen. An diesem Abend moderierten die zwei Abendgestalter jeder für sich. Sie fielen sich permanent ins Wort, überraschten sich gegenseitig mit der Verkündung der Regeln, wollten beide einen Text lesen, bevor der Wettbewerb startete, und stritten sich auf der Bühne darüber, wer von ihnen anfangen dürfe. Dann lasen sechs Poet*innen nacheinander vor und das Publikum bewertete. Jetzt verkündeten die Mikrofonhalter eine Pause von 15 Minuten. Der Slam hatte um 20:30 Uhr angefangen, inzwischen war es 21:45 Uhr, ein paar Menschen kauften Bücher, ein paar gingen nach Hause, es kamen aber auch neue Neugierige zur zweiten Runde. Hier lasen die Moderatoren wieder jeweils einen Text, anschließend lasen die vier verbliebenen Künstler*innen im Wettbewerb, wieder eine Pause. Um 22:30 Uhr startete die letzte Runde, im Publikum saßen noch acht Menschen, den Moderatoren fiel ein, dass sie eigentlich einen Hut rumgehen lassen wollten für Spenden, und in der Finalrunde sollten dann spontan Texte mit Worten aus dem Publikum geschrieben werden. Das kann lustig sein. Zum Beispiel, wenn man es vorher kommuniziert, den Schreibenden genug Zeit lässt und das Publikum gute Laune hat. Ich schrieb gemeinsam mit dem zweiten Reise-Poeten in fünf Minuten irgendeinen Text, dessen beste Eigenschaft war, dass er kurz war.

Als der Slam vorbei war, bekam ich 33 Euro für die Fahrtkosten. Jedem sein eigenes Verhältnis zu Münzgeld, aber drei Mal 33 sind nicht 100. Darauf angesprochen meinte einer der Moderatoren, es sei eben nicht so viel im Hut gewesen und ich habe doch sicher auch das ein oder andere Buch verkauft. Für weitere Diskussionen war ich zu müde, ich wollte nur noch schlafen.

Unsere Übernachtung wurde spontan und vor unseren Augen geregelt. Die Person mit der Schlafcouch im Wohnzimmer, nennen wir sie Rüdiger, wurde gefragt, ob wir da nicht schlafen könnten, er hatte keine Lust darauf und wollte erst mal noch auf eine Party gehen, aber dann ginge es notfalls. Also gingen wir auf eine Party. Gegen ein Uhr kuschelten der Kollege und ich uns auf eine ausgezogene Schlafcouch und schliefen ein.

Den nächsten Tag starteten wir mit einem Frühstück, ich suchte mir ein Café, in dem ich schreiben konnte, und abends trafen wir uns zum nächsten Auftritt. Ich wurde mit »Und wer bist du?« am Einlass vom Moderator begrüßt, es gab eine Familienpizza mit Schinken und Pilzen für die acht Auftretenden, zwei Moderatoren und den Chef vom Jugendzentrum, aber es gab unbegrenzt Freigetränke. Die obligatorischen 33 Euro gab es in der Pause, nach der Show übernachteten wir nur deshalb wieder bei Rüdiger, weil wir unsere Sachen dort gelassen hatten.

Ich habe, als mein Rücken es noch zuließ, auf vielen Sofas geschlafen, auf harten Böden, durchgerittenen Isomatten, auf Dachböden, in Wohnzimmern, selten mit weniger als fünf Leuten, in der ersten Zeit als Team hatten wir immer Schlafsäcke im Kofferraum. Alles kein Problem für mich, ich brauche nur irgendwann meine Ruhe. Doch Rüdiger hatte andere Pläne.

Scheinbar fand er, als Gegenleistung für seine Gastfreundschaft könnten wir wenigstens ein offenes Ohr haben für seine Lebensgeschichte. Es half kein Gähnen, auch die Uhrzeit spielte keine Rolle, ich übertreibe nicht, wenn ich sage, dass Rüdiger 99,5 % der Redeanteile hatte. Irgendwann zog sich mein Kollege die Decke über den Kopf und meinte: »Ich schlafe jetzt.« Rüdiger war kurz irritiert, dann schaute er mich an.

»Ich auch«, rief ich und zog mir eilig auch die Decke über den Kopf.

Da erzählte Rüdiger nur noch schnell fertig, machte das Licht aus und ging.

Am dritten Tag telefonierte ich mit meiner Freundin und meinte, ich würde nach Hause kommen. Die Nächte waren kurz und unbequem, die Abende wenig schön und ich konnte oder wollte einfach nicht mehr. Da setzte sie sich in den Zug, kam vorbei, wir verbrachten einen wirklich schönen Tag in der Stadt und abends kam sie mit auf den letzten Slam. Die Sachen waren schon im Auto, alles versprach, ein gutes Ende zu nehmen.

Tatsächlich bekamen wir diesmal 40 Euro für die Fahrtkosten, es gab einen Backstage und die Location war eine Kleinkunstbühne mit sehr schönem Ambiente. Der Abend war ausverkauft und die Stimmung sehr gut. Dass der Moderator die Namen der Auftretenden nicht parat hatte und seine Anmoderation für meinen Auftritt einzig darin bestand, meinen Namen zu nennen, nahm ich mit einem müden Lächeln hin. Ich biss in ein Stück Pizza und meinte: »Ich komme gleich, erklär doch noch mal eben die Regeln.«

6 6,34 Euro

Eine weitere Chance, Bühnenerfahrungen zu sammeln, ist das Veranstaltungsformat Kunst gegen Bares. Dort treten Künstler*innen verschiedenster Genres gegeneinander an, der Eintritt für das Publikum ist relativ gering und am Ende des Abends wird für alle Auftretenden jeweils ein Sparschwein aufgestellt und das Publikum gibt den Betrag, der ihm richtig erscheint. Das Geld aus den Schweinen wird als Gage ausgezahlt, außerdem wird noch verkündet, wer den Abend gewonnen hat.

In der richtigen Location eine sehr schöne Sache. Natürlich ist die Vergleichbarkeit von Comedy, Musik, Zauberei oder Spoken Word noch unmöglicher als die von Poetry Slam an und für sich, aber ich hatte in Frankfurt ein paar sehr gute Erfahrungen mit KGB-Veranstaltungen gemacht, also schaute ich, wo es in der Nähe noch dieses Angebot gab. Die Location war ein Volltreffer, ein großes Restaurant eines Theaters, Technik und Bühne ließen keine Wünsche offen, der Raum war voll, nur nicht mit Kunstinteressierten, sondern eher mit Hungrigen, die ihren Feierabend genießen wollten. Von den 100 Leuten im Saal interessierten sich vielleicht zwanzig für uns, der Rest überhaupt nicht, und auch wenn der Service sich bemühte, möglichst leise die Tische abzuräumen, klapperten die Teller und plapperten die Gäste.

Mit wenig Zuschauer*innen komme ich prima zurecht. Ich bin sogar mal auf einem Slam im Kino aufgetreten, bei dem vier Menschen im Publikum saßen, von denen zwei gingen, als sie erfuhren, dass an dem Abend kein Film gezeigt würde. Ich komme auch mit einer gewissen Geräuschkulisse zurecht, das klappt ganz gut, wenn man sich eingesteht, wie schräg die Situation gerade ist und dass man sie nicht ändern kann.

Der Moderator allerdings versuchte, die Unmöglichkeit des Abends zu ignorieren, und zog den Wettbewerb einfach durch. Ich erhielt 6,34 Euro für diesen Auftritt und war damit der Drittbeste. Aus solchen Fehlern kann man lernen. Muss man aber nicht.

7 Das Stadtteilfest

Gagen zu verhandeln, ist eine Kernkompetenz als freier Künstler und es ist schwer. Was ist man selbst wert, was der Auftritt, wie kann man für sich einstehen, ohne arrogant oder abgehoben zu wirken? Ich musste das auf die harte Tour lernen und habe für mich zwei grundsätzliche Fragen aufgestellt.

Die Erste lautet: Was brauche ich? Ich trete gerne für karitative Zwecke auf, aber wenn nicht, dann darf ich nicht draufzahlen.

Die Zweite ist: Was ist fair? Bei einem Auftragstext beispielsweise mache ich meine Stunden- und Tagessätze sowie Aufwendungen und sonstige Kosten im Vorfeld transparent und die Entscheidung, ob es das den Menschen wert ist, gebe ich ab.

An den Auftritt beim Stadtteilfest kam ich über die Mutter eines Freundes. Auf dem Stadtteilfest meines Stadtteils gäbe es eine Bühne und den ganzen Tag Kunst, erzählte sie und fragte, ob ich mir das vorstellen könnte. Ich kann mir sehr viel vorstellen, nur war mir das etwas zu direkt.

Von einem Publikum in Lübeck, Ludwigsburg oder Linz nicht gemocht zu werden, hat eine ganz andere Qualität, als vor Menschen zu scheitern, denen man beim Einkaufen begegnet. Doch wenn ich immer auf die Stimme der Vernunft hören würde, wären mir auch viele schöne Erfahrungen entgangen, also sagte ich zu.

Die erste Bremse der Vorfreude war, dass sämtliche Freund*innen und Bekannte, denen ich vom Auftritt erzählte, leider keine Zeit hatten.

Nummer Zwei kam in Form einer Mitarbeiterin der Orga, die mir am Telefon sagte, meine Gage wäre ihr für das, was ich tun würde, etwas zu hoch: »Ich meine, sie lesen doch nur ab.« Als sie dann noch hinzufügte, dass es doch für mich ganz toll sei, mal vor der eigenen Haustür aufzutreten, legte ich meine Freundlichkeit endgültig ab. Ich stellte sie vor zwei Möglichkeiten: Entweder bekäme ich eine neue Ansprechperson oder ich würde eben nicht auftreten. Sie war pikiert, besprach das Thema aber im Team und ich hatte eine neue Ansprechpartnerin.

Am Tag des Fests war ich angespannt und schon sehr früh da. Das Fest war genauso, wie man es sich in einem ländlichen Stadtteil vorstellt. In einem Park, neben einem Kinderspielplatz, waren Bierbänke aufgestellt, der Turnverein grillte, die Feuerwehr zapfte Bier, als gäbe es kein Morgen, und am Rand der Peripherie stand eine kleine Bühne. Keine Überraschung.

Vor mir waren ein Clown und ein Musiker, der mit Kindern musizierte, an der Reihe. Sie kamen richtig gut an. Die Musik verzauberte die Kinder so sehr, dass sie auch bei meinem Auftritt noch an ihren Trommelboxen saßen und unrhythmisch trommelten, wenn sie das Gefühl überkam. Auf dem Spielplatz fiel ein Kind und schrie wie am Spieß, ich nahm es aber nur am Rande wahr, denn das Grölen der Feuerwehr, die gerade Schichtwechsel hatte und zur Feier dieses Events eine Runde ausgab, war lauter. Ich stellte mich auf sehr lange zwanzig Minuten ein, die Person, die mich als Vorleser für »überbezahlt« hielt, taxierte mich wütend vom Kuchentisch und dann geschah etwas Wundervolles. Eine einzige Frau stand auf, nahm sich einen Klappstuhl und setzte sich direkt vor die Bühne. Die Kinder waren so irritiert, dass sie sogar ihre Trommelboxen weglegten, und ich las für diese Frau. Während meines zweiten Textes kam meine Oma, parkte ihren Rollator neben der Frau und nahm Platz.

Ich weiß nicht, ob sie ihr Hörgerät anhatte, aber sie lächelte meinen kompletten Auftritt über beseelt und winkte mir ab und an zu.

Kapitel 10: Gedichte

Tour de France

Eisiger Regen fällt in glasklaren Splittern
vereinzelt aus allen Wolken.
Ein nebliger Tag,
ein einfacher Sarg,
schwere Schritte,
die Sargträgern folgen

Schwere Schritte auf halbeingefrorenen,
pfützenbewährten
Friedhofswegen.
Bin mal wieder zu spät,
geh so ehrfürchtig es geht,
den Trauernden entgegen

Beerdigungen sind wie Silvester. Na ja, nicht ganz. Für das eine macht man sich schick, geht aus, um dabei gewesen zu sein, hofft auf gutes Essen – das andere ist Silvester. In jedem Fall zieht man ein Fazit. Mein Opa hatte ein gutes Leben. Ich sehe ihn strahlend in seinem Schrebergarten sitzen, die Hände vor dem Bauch gefaltet, und höre ihn mit einem gemütlichen Grinsen im Gesicht sagen: »Du wirst noch zu deiner eigenen Beerdigung zu spät kommen« und: »Ich habe alle Zeit der Welt.« Leider nicht, Opa. Deine Zeit ist um. Und meine ist flüchtig wie Quecksilber. Ich habe keinen Bart, weil es im Trend ist, ich habe einfach keine Zeit, mich zu rasieren. Ich lese nicht mehr, ich höre Hörbücher, während ich in der Bahn sitzend E-Mails beantworte oder meinen Freundeskreis dank WhatsApp-Gruppenchat effizient organisiere.

Ich fühle mich wie Momo, umgeben von grauen Herren, die gierig an ihren Zeitzigarren ziehen. Nur hat Momo nicht aufgegeben. Ich habe es.

Tick, tick, tick, tick,
in dieser Hektik, tik, tik, tik
hab ich ständig, dig, dig, dig
das Ticken der Uhr in den Ohren.

Meine Tage sind wie deutsche Urlauber am Ballermann – ständig zu voll.

Ich bin das Kaninchen von Alice im Wunderland. Ich bin ein Uhrzeitkrebs, der nachgeht. Meine Sanduhr ist voller Wasser, es rinnt nicht, es strömt. Keine Zeit, keine Zeit. Ich renne in einem riesigen Hamsterrad, ich bin der Esel mit der Karotte vor der Nase, der Kassierer im 24-Stunden-Supermarkt auf Doppelschicht, der Kolibri, der Angst hat, bei Stillstand zu sterben. Ich will nicht mehr. Der kleine Jan will aus dem Stressparadies abgeholt werden. Von einer Schildkröte. Einer Schildkröte auf dem Rücken einer riesigen Schnecke. Und dann geht es eben nur so langsam. Dann hört das Zeitgeben auf und das Zeitnehmen fängt an. Dann ist die Welt auf einmal mehr als eine vorbeirasende Landschaft in bunten Schlieren.

Du hetzt durch dein Leben,
machst es allen recht,
um ein guter Mensch sein zu können.

Dann erinnert der Tod dich daran,
dass du sterblich bist,
und du stoppst das Rennen.

Dass wir am Sterben das Leben messen,
ist dumm und absolut menschlich,
wir brauchen ihn manchmal,
den Schuss vor den Bug,
um zu lernen:
Das Leben ist endlich.

Mein Opa lebte sein Leben in vollen Zügen – er war Fahrkartenkontrolleur. Okay, das ist ein schlechter Witz, aber er hätte ihn geliebt. »Was haben Jesus und ein Minivan gemeinsam? Sind beides Märtyrer.« Das war seine Nummer eins. Die Nummer zwei ging so: »Was ist groß, grau, hat einen Rüssel und ist manchmal besetzt? Der Telefant.« Aber mein Liebling war: »Das Leben ist wie die Tour de France. Kommt Zeit, kommt Rad.«

Das ist doch tausendmal besser als: »Zeit heilt alle Wunden« oder: »Zeit ist Geld« – also: »Geld heilt alle Wunden.« Leben, um zu arbeiten. Arbeiten, um Geld zu verdienen, Geld verdienen, um zu leben.

Die Schlange beißt sich mit dem Zahn der Zeit heftig in den Schwanz. Was ist das für ein Konzept? Wenn du jung bist, voller Energie, wenn die Welt ein Abenteuerspielplatz ist, dann gehst du mal schön hart arbeiten. Wenn du kaum noch sehen und hören kannst, ständig aufs Klo musst und lange Reisen dir schwerfallen, dann darfst du dein Leben genießen. Na, schönen Dank.

Ein alter Mann ist kein D-Zug. Gut, ein junger Mann ist auch kein D-Zug. Kein Mensch ist ein D-Zug. Ein D-Zug ist ein D-Zug. Ein Mensch ist ein Mensch. Jedenfalls: Wir funktionieren nicht, wir leben. Wir müssen uns nicht beeilen, um als Erster im Ziel anzukommen. Im Vorbeihasten fragen wir uns, wo die Zeit geblieben ist. Sie war nie weg. Sie ist immer da.

Ich stehe am Grab und schaue auf die mit Blumen und Erde bedeckte Holzoberseite des Sarges. Wie oft hätte ich Angst, meine Zeit zu verschwenden? Wie oft habe ich lieben Menschen gesagt, ich hätte keine Zeit? Wie wichtig war es mir, keine Zeit zu verlieren? Was das für ein Bild ist!

»Ähem, suchen Sie was?« – »Ja. Ich hätte schwören können, ich hatte eben noch eine Viertelstunde im Portemonnaie, jetzt ist die irgendwie weg. Vielleicht hat mir jemand die Zeit gestohlen.«

Zeit ist kein Zahlungsmittel. Zeit ist kein Geld. Für Zeit musst du nicht arbeiten. Zeit ist relativ. Wer glaubt, 15 Minuten Pause und 15 Minuten Blasenspiegelung hätten die gleiche Dauer, der hat keine Ahnung. Oder eine gut funktionierende Blase.

Die besten Momente sind nicht die limitierten, es sind die, bei denen man die Zeit vergisst. Die Zeit braucht keine Aufmerksamkeit. Der Zeit ist es egal. Sie rennt nicht, sie fliegt nicht, sie vergeht einfach. Egal, was du tust. Die Zeit ist ein Weg. Von der Geburt bis zum Tod. Mehr hast du nicht. Mehr habe ich nicht. Selbst die unendliche Geschichte hat ein Ende.

Und dann trauerst du all den
Momenten und Chancen nach,
die du nicht genutzt hast.

Die Retrospektive zeigt,
das Leben ist kurz,
also tu, worauf du Lust hast.

Stell die Uhren auf Urlaub,
lass die Zeitblumen blüh'n,
nimm dir Zeit zum Verschwenden,

ob du ständig hetzt,
morgen lebst oder jetzt –
irgendwann wird dein Leben enden.

Und wenn mein Opa das hier hören könnte, würde er sagen: »Junge, lass das Dozieren. Gute Ratschläge gehören ins Bodenturnen. Fang an, zu leben. Jetzt!«

Liebesbrief

Dies ist ein Liebesbrief,
geschrieben mit verschiedenen Buntstiften.
Mit Vorsatz, Nachsicht und sehr guten Nachrichten.
An die lebenden Legenden, Pechvögel und Happy-Enten,
an Menschen jedes Geschlechts und Glaubens.

An Träumerinnen und Aufräumer, Chaotinnen und Ordnungsfreaks, die jede Monotonie des Alltags mit bunten Farben bekleckern, die sich ab und zu Zeit nehmen, um Tiere und Gesichter in den Wolken zu erkennen. Die nicht einfach nur rennen, sondern schnell irgendwo sein wollen, wo es geil ist oder mittel oder seltsam, auf eine gute Art.

Ein »Wow, siehst du schön aus!« an alle Menschen, die einen Bad-Hair-Day haben oder jeden Morgen einen Kein-Hair-Day, die aussehen, als hätte Mutter ihnen die Klamotten rausgelegt, kurz nachdem sie verrückt geworden ist.

Er geht auch an alle Tiere, aber Menschen werden ihn besser verstehen, also übersetzen, denn er ist weniger Sprache als Herzschlag. Sag, spürst du das Streicheln des Trommelfells, das Trommeln des Streichers, ein Streich wie von Max und Moritz oder Sieben auf einen Streich, oder Nutella, gestrichen auf Butter auf einem Baguette.

Ein Brief an die, die immer alles richtig machen. Oder so richtig falsch machen. An die Mittelmäßigkeit und die dummen Ideen.

Jeder Liebesbrief braucht ein Gedicht, eine schlechtes, sonst zählt er nicht. Wir sind in Deutschland, es gibt eine Liebesbriefschreibeordnung im Keller eines Amts, in dem graumelierte Herr- und Damenschaften auf ihre Rente warten und sich gegenseitig Liebesbriefe nach Norm schreiben.

Das geht raus an die Fahrer von Autos, die Tieren auf der Straße ausweichen oder die traurig werden, wenn sie einen Plattfrosch sehen. An alle, und zwar wirklich alle, die das Gute tun, an das Gute glauben, einen Funken Gutes in sich haben oder jemanden kennen, der mal jemanden kannte, der gut war. In irgendwas.
An Rauchende, Nichtrauchende, auch an die Paffenden, die Geruchskaskaden, die Rauchschwaden mit dem Aroma »Fruit Loops« in die Welt entladen.

Für alle, die kindisch sein können, die laut auflachen, wenn jemand hinfällt, und an die, die aufhelfen. Oder nicht helfen, aber sich manchmal deswegen schlecht fühlen.

An Menschen, die reich sind an Geld, an Freunden, Glück, Briefmarken oder überhaupt. Schnäppchenprofis und Schnappschussheldinnenn, Kleiderkreisel-, Insta-, TikTok- und Facebook-Süchtige.

Dieser Brief geht raus an niemanden, denn ich werde ihn nicht frankieren. Weil ich mich immer noch darüber ärgere, dass die Deutsche Post in ihren Briefmarkenautomaten Wechselgeld in Briefmarken rausgibt. Tausend Dank für die eine Million Ein- und Zwei-Cent-Marken, die in meiner

Wohnung rumfliegen. Eines Tages werde ich damit ein riesiges Paket brieffrankieren.

Ein Text für Nörglerinnen und Besserwisser, Tindermatches und Kinderfreunde, Wutbürgerinnen, Gutmenschen, Hutträger. Für die Pessimisten, die diesen Brief hassen, weil er so nett und nichtssagend ist wie das Lächeln einer Messehostess.

An Menschen, die Humor haben. Oder glauben, dass sie Humor haben, und dann Witze erzählen wie: »Was ist süß und rennt durch den Park? Joggolade.«

Dieser Brief ist unvollständig, ohne deine Idee davon, dass du irgendwem irgendwann irgendwie irgendwo Liebe gibst. Oder Respekt. Oder wenigstens keinen Hass.

Zeilen für Menschen mit Smartphones und ohne, Mamas und Papas, die ihr Handy aus der Tasche holen, die Brille aufziehen, Handy anschalten, den Zettel mit der PIN aus dem Portemonnaie holen, PIN eingeben, WhatsApp öffnen und schreiben: »Bin da«, obwohl sie seit einer Viertelstunde warten.

Der Text ist wasserwaagengerade und schief, Prosa und Lyrik, rosa, türkis, alles und nichts. Superschön, wenn er im richtigen Licht steht. Und er hat eine Schokoladenseite wie die besten Dinge im Leben. Dieser Brief zeigt, dass es gut wird, wenn alle in einem Boot sitzen. Mittig. Denn mit jedem extremen Rechts- oder Linksruck kann das Boot kentern.

Er braucht kein Gedicht, aber später soll niemand sagen, mit Gedicht wäre er perfekt gewesen. Er ist eine Umarmung, ob du willst oder nicht, ein angespucktes Taschentuch einer fremden alten Frau in deinem Gesicht.

Egal, wie du bist, wo du herkommst, was dich ausmacht,
ob das Leben dich an- oder meistens nur auslacht.
Hast du oft oder nie einen Liebesbrief gekriegt?
Der hier ist für dich – schön, dass es dich gibt.

Der Wetterbericht

Der Wetterbericht sagt, es gebe keinen Regen.
Der Wetterbericht hat oft recht.
Ich glaube dem Wetterbericht und deswegen
staune ich gerade nicht schlecht.

Wobei, was weiß ich denn?
Hab ich 'nen Schimmer?
Hab ich denn Wetter studiert?
Wie kann ich ahnen, wie Mann oder Fachfrau
Regen genau definier'n?

Ja, wüsst ich's nicht besser,
ich dächte, das Wasser
stünde mir schon in den Schuh'n.
Die Kleidung klebt klatschnass am Körper,
die Straße ein Meer, also, was soll ich tun?

Da trifft's mich am Kopf
wie im Sprichwort den Nagel,
da staune ich wahrlich nicht schlecht.
Das ist gar kein Regen
– das ist Hagel!
Der Wetterbericht hatte recht.

Das Hessenlied

Wo Spundekäs den Gaumen küsst
und Ahle Worscht den Magen trifft,
wo Handkäs wächst und Äppler fließt,
da erklingt das schöne Hessenlied.

Wo Kolder kalten Körper schützt,
das Kneipsche manchem Schnittwerk nützt,
ihr seht es schon, der Klimax naht,
Auftritt der Heldin Hildegard.

Die Haut vom Sonnenlicht gebräunt,
der Blick wirkt engelsgleich verträumt,
die Haare lang und herrlich schön,
es war ein Fest, sie anzuseh'n.

Fern auf dem Lande wuchs sie auf,
half auf dem Hof, so war es Brauch.
Sie hatte Glück, bloß wenig Geld,
nicht selten stand sie auf dem Feld
und träumte in den Tag hinein,
doch Traum bringt keine Früchte ein.

Ihr Vater war der Bauer Kall,
man kannte ihn gut überall.
Ein Ehrenmann, ein guter Typ,
der schuftete und wenig schlief.

Sein Bauernhof war ziemlich klein,
drei Kühe, Hühner und ein Schwein.
Zwei Buben zog der Bauer groß,
mit Hausmannskost und viel grie Soß.

Die Bäuerin starb viel zu früh
fortan war Hildegard fürs Vieh
verantwortlich und für das Haus,
die Männer fuhr'n aufs Feld hinaus

Am Samstag, endlich, da war Markt,
die schönste Zeit für Hildegard.
Der Platz lag lebhaft da und flach,
direkt am schönen Hesselbach.

Sie sah die Stände, all die Waren,
die käuflich zu erwerben waren.
Die Hembels boten Krimskrams an,
den niemand gut gebrauchen kann,
der Wirt, Heinz, schenkte Äppler aus,
sein blauer Bock bekam Applaus.

Auch Badesalz hatte 'nen Stand,
den jeder Hesse lustig fand.
Es herrschte Eintracht, wunderbar,
die man in ganz Europa sah.

Und Hildegard, die war der Star,
ein jeder Mann verzaubert war.
Sie kamen wegen der Rüben,
sie blieben, um sich zu verlieben.

Der Stand, wurd stets rasch leergekauft,
die Ware war schnell aufgebraucht.
Wer träumte sich nicht schon als Held
der allerschönsten Frau der Welt?

*

Der Tag und auch die Hilde ging,
kein Drache und kein gold'ner Ring,
das Hessenlied braucht all das nicht,
stattdessen begrüßt: den Bösewicht

Zwei Jahre später, es ist frisch
und die Familie sitzt bei Tisch.
Weil Freitag ist, gibt es nur Fisch,
da wird es plötzlich wunderlich.

Erst hört man leises Hufgetrappel,
dann schmettern Hörner laut Fanfaren
und Ritter stehen neben Rappen,
wo gerade noch die Hühner waren.

Hoch zu Ross, weil er das darf,
mit Arroganz und Entourage
erscheint der unbeliebte Graf.
Im Volksmund nennt man ihn »den Arsch«.

»Der hat Geld, der feine Pinkel«,
spricht der Bauer und steht auf.
»Ich drei Küh, eh Sau und Hinkel«,
motzt er und dann geht er raus.

»Ei, gude Graf, was willste dann?«
Der Arsch erhebt sich aus dem Sattel
und er taxiert den Bauersmann:
»Halt die Sabbel, wenn ich babbel!

Isch hab gehört, dei Dochter wär
die Schönnste weit und breit.
Drum kam ich gerne selber her,
ich hatt grad ebbes Zeit.

Zeisch doch ma her, des Mäusje,
ma gugge, was se kann.
Wenn's stimmt, kriegt sie eh Häusje
un mich zum Ehemann.«

Der Vater stutzt und steht und denkt:
Im Leebe nett, was für en Aff!
Ich krieh die puddelnaggisch Kränk,
ei, guck doch ma, wie der schon gafft!

Der Bauer schmiedet eine List.
»Ei, sicher, Graf, komm erst ma nei!«
und als der Würdenträger sitzt
gibt's Mispelche und Ebbelwoi.

Der Graf sieht endlich Hildegard,
von ihrer Schönheit tief berührt,
winkt er den Hauptmann her und sagt:
»Zur Not wird die entführt.«

Der Schoppe fließt, die Bembel fallen,
die gute Laune füllt das Haus,
der Gast kann endlich nur noch lallen
und bald schon ist der Ofen aus.

Der Graf – betrunken, aber wie! –
liegt voll und fett in Bauers Bett
und die Familie schläft beim Vieh,
im Heu ist es doch auch ganz nett.

Der Hauptmann ruft nun die Soldaten,
geht einsam in den Stall hinein,
er lässt die andern draußen warten,
die Hildegard soll seine sein.

Man sieht die Hand vor Augen nicht,
schon stößt er an ein Eck.
»Des elendige Funzellicht!«
Dann hat er sie entdeckt.

Ein falscher Tritt, es grunzt und quiekt,
die Tiere sind in Aufruhr.
Er schnappt, was er zu fassen kriegt,
es reißt Geduld- samt Hutschnur.

Die schöne Beute auf den Wagen,
in Decken gewickelt, das war's.
Die Rösser schnaufen und traben.
Den Graf auf den Kutschbock und Gas!

Es geht durch den Wald,
die Welt wirkt verschwommen,
die Tiere verlassen angstvoll den Pfad.
Erbarmen? Zu spät – die Hessen kommen.

Die Welt ist ein Meer und er der Pirat,
die Kutsche ein Schiff und er lenkt es gekonnt.
Die Nacht wird zum Morgen, der Morgen zum Tag,
bald sieht er sein Schloss schon am Horizont.

Der Graf grinst gierig und er schaut
auf seine Ladefläche,
dann ist der Morgen ihm versaut
und er spürt Magenschwäche.

Man hört ihn fluchen vom Abort.
Der Hauptmann schaut dämlich und stutzt
»Du Babbsack, Simbel, Depp, du Aff!
Des is kei Fraa, des is die Wutz!«

Bald rennt er fix über den Hof,
er fürchtet um sein Glück.
Er ist zwar dämlich, doch nicht doof,
die Sau, sie muss zurück!

Er schnappt das beste Pferd im Stall,
sein Ruf ist ruiniert,
er galoppiert schnell wie der Schall,
im Arm hält er das Tier.

*

Fünf Verse noch, das Hessenlied
steht kurz vor seinem Ende.
Drum seid gespannt, was nun geschieht,
laut hessischer Legende.

*

Wer reitet so früh, wer reitet so schnell,
es ist der Graf mit dem Wutzje, gell?
Das Schwein kommt zurück, das Gelächter ist laut
Die Karriere des Grafen ist gründlich versaut

Und unsre Heldin Hildegard
trifft eines Tages auf dem Markt
den Einen, der fast alles kann
und nimmt ihn bald zum Ehemann

Denn er sieht mehr als nur den Schein,
genießt, mit ihr zu scherzen.
Man liebt mit Augen nicht allein,
man liebt auch mit dem Herzen

Jedes Dippche hat sei Deggelsche,
jedes Rippche hat sei Kraut,
und nur weil jemand schön ist,
wird er nicht gern angeschaut.

Wo Spundekäs den Gaumen küsst,
wer's nicht versteht, erfährt's,
wo Handkäs wächst und Äppler fließt,
da schlägt mein hessisch Herz!

Poetry Slam

Große Freude macht den Einlass,
Enthusiasmus macht den Ton
und ein gut gelaunter Künstler
steht im Spot am Mikrofon.

»Heute Slam« liest man am Eingang
auf Plakaten in A2
und wer prinzipiell Kultur mag,
ist an diesem Tag dabei.

Slam ist Text im steten Wettkampf,
ob vor zwanzig oder tausend
Kennern, Könnern, Kindern, Kritikern,
Kanaillen, Kunstbanausen.

Auf dem Land und in der Großstadt,
in den Scheunen und Palästen
präsentieren wir ein Line-up,
zweifellos eines der Besten.

Startplatz eins ist immer schwierig,
weil das Publikum sich ziert,
daher wird soziale Kälte
routiniert wegmoderiert.

Hier ein Backdrop in zartrosa
und das Licht ist ein Gedicht,
auf die Bühne stürmt die Prosa
viel Applaus, wer kennt sie nicht?

Regel eins – nur sechs Minuten,
mal gestoppt und mal gefühlt,
und die Zeit vergeht im Fluge,
wenn man sich in Rage spielt.

Regel zwei – keine Verkleidung,
jedes Hilfsmittel tabu,
Künstlerin und Text und Inhalt,
viel mehr braucht es nicht dazu.

Regel drei – wer einen Text liest,
hat ihn vorher auch verfasst
und Zitate gelten nur,
wenn du sie kenntlich gemacht hast.

Regel vier – Respect the poet!
Das ist finnisch und es heißt,
dass man allen auf der Bühne
seine Hochachtung erweist.

Erster Beitrag Liebeslyrik,
leichtes Schnäuzen, schweres Schniefen.
Jetzt die Punktetafeln hoch,
auch die mittleren und tiefen.

Startplatz zwei präsentiert Stand-up,
kann man mögen, muss man nicht,
hier und da wird schon gekichert,
weil der Typ so lustig spricht.

Auf der Drei Gesellschaftskritik,
aggressiv und provokant.
Ja, es muss sich etwas ändern
überall in diesem Land.

Ein Newcomer kommt als Nächstes,
hört ihn träumen, denken, spinnen,
wenn die Welt zusammenfällt, dann
muss man einfach neu beginnen.

Nummer fünf ist nicht zu fassen,
lyrisch, bunt und toll und schnell,
diesen Text braucht man in Buchform,
er ist wild und aktuell.

Seine Sprachbilder fantastisch,
jedes Wort an seinem Platz,
dem verbalen Feuerwerk folgt
wieder ein perfekter Satz.

Schade, dass es nur die zehn gibt,
eine zwölf scheint angebracht,
dieser Text ist ein Gewinner,
er hallt nach bis in die Nacht.

Und schon ist der Slam vorüber,
Kinder, wie die Zeit verfliegt,
was an guter Unterhaltung
und perfekter Mischung liegt.

Alle Startenden sind Sieger,
Preise eher ideell,
gönnt euch auch in Zukunft Tickets
für das schöne Wortduell!

Die Termine gibt es online,
kauft den Büchertisch noch leer,
denn eure Lieblingspoetin
kommt so schnell wohl nicht mehr her.

Außerdem denkt stets daran:
Bald ist Weihnachten und Winter!
Daher kauft schnell die Geschenke,
hahaha und zwinker-zwinker.

Lasst euch irgendwas signieren,
gebt uns Geld, am liebsten gleich,
denn für uns als Bühnenkünstler
seid ihr alle ziemlich reich.

Wenn's gefallen hat, schickt Freunde,
und wenn nicht, dann eben Feinde,
ihr wart echt ein Publikum,
liebe Poetry-Gemeinde.

Große Freude steht am Ausgang,
Enthusiasmus an der Bar
und Erinnerung sagt allen,
wie perfekt der Abend war.

Klatscht für Poetry und Line-up,
klatscht für Technik, Licht und Ton,
klatscht für euch, dass ihr dabei wart,
vielen Dank, das war es schon!

Türgedichte

Es war ’ne Tür in Therapie,
doch hat sie’s nicht genossen.
Der Therapeut gab ganz schnell auf,
sie war ihm zu verschlossen.

*

Es war ’ne Haustür, ganz normal,
mit Lack und Fensterlein,
doch war der Hausherr Terrorist,
drum schlug der Staat sie ein.

*

Es war die Tür von ’nem Tresor,
stabil mit ganz viel Stahl,
doch war die Bank schon lang bankrott,
drum war es ganz egal.

*

Es war mal ’ne Terrassentür
ganz neidisch auf den Garten.
Sie platzte sonntags dann vor Neid
– na gut, durch einen Spaten.

*

Der Türenkauf, gilt als Tortur,
weil man viel Geld verliert.
Drum nennt der Profi ihn Tortür,
das klingt dann kultiviert.

Kapitel 11: Von Hamstern, Penispumpen, Pinguinen und Abschlüssen

Der Hamster im Brotkasten

»Du, Jan, kannst du für 'ne Weile auf Struppi aufpassen? Ich hab das Kapaltunnelsyndrom und brauche mal 'ne Pause«, sagt Holger. Oh mein Gott, denke ich. Hier bittet dich ein sterbender Freund um einen letzten Gefallen. Damals wusste ich noch nicht, dass das Kapaltunnelsyndrom nur Medizindeutsch ist für »irgendwas an der Hand«.

»Natürlich!«, sage ich und schon zwei Stunden später, pünktlich um 16:00 Uhr, überreicht mir Holger einen Käfig mit einem struppigen Goldhamster. Er hat tiefe Ringe unter den Augen und ein nervöses Zucken. Also Holger. Das Tier ist ziemlich süß. Keine Ahnung, wieso Holger ihn loswerden wollte. Ich stelle den Käfig in mein Zimmer.

Stunde 1: Der kleine Flauschi bekommt frisches Wasser und eine Knabberstange. Er schaut kurz aus seinem Häuschen, dann verschwindet er wieder. Immer noch süß. Könnte ich mich dran gewöhnen. Wusste ich gar nicht, dass ich so ein Haustiertyp bin. Hat sowas solides. Schaut mal, ich kann mich um ein Lebewesen kümmern! Macht das Zimmer auch direkt viel wohnlicher. Wie eine Zimmerpflanze. Halt in lebendig. Und man kann ihn streicheln.

Stunde 2: Dieser Hamster lässt sich so gut streicheln wie ein Kaktus. Nur hat ein Kaktus kein Gebiss. Bei einem Kaktus weiß man, wo die Stacheln sind. Da berührt man nicht den Bauch und auf einmal sind da Zähne, die sich einem mit der Beißkraft eines Raptors in den Finger rammen. Ich werde ab jetzt Abstand halten. Dann kann nix passieren.

Stunde 3: Struppi starrt mich an. Ich glaube, er plant etwas. Gehe in die Küche, um ihn nicht mehr anschauen zu müssen.

Stunde 4: Habe mir ein Buch über Hamster besorgt. Da steht, Hamster sind nachtaktive Tiere. Scheinbar kann Struppi nicht lesen. Denn obwohl es mitten am Tag ist, macht er Radau, als wäre er Schlagzeuger in einer Punkband. Er wetzt wie wild durch sein Laufrad, nur um mich zu ärgern. Ich stelle das Radio an. Nach einer Stunde wird es verdächtig still. Ich muss mal nachsehen.

Stunde 5: Struppi ist verschwunden. Das Laufrad ist leer, keine Spur von dem kleinen Fellbüschel. Ich hebe sein Haus hoch und schaue darunter. Nichts. Dann höre ich ein diabolisches Quietschen. Struppi hat sich mit allen Vieren an die Hauswände gepresst, um mich auszutricksen, und rennt jetzt meinen Arm entlang. In meiner Panik schüttle ich ihn ab und er landet im Flur.

Stunde 6: Wir spielen verstecken. Überraschend, wie viele tolle Hamsterverstecke es hier in der Wohnung gibt. Mit ihm ist es wie mit Daten in der Cloud – sie sind in Sicherheit, aber niemand weiß so genau, wo.

Stunde 7: Ich habe aufgehört, zu suchen. Was kann so ein kleiner Hamster schon anrichten?

Stunde 8: Einiges. Er hat in meine Sneaker gekackt, in meine Wäscheschublade gepinkelt und ich beobachte ihn gerade dabei, wie er sich am Stromkabel des Kühlschranks zu schaffen macht. Ich google schon mal, was so ein neuer Hamster für Holger kosten würde, da macht es puff! Struppis Volumen hat sich gerade vervielfacht, als wäre er ein Kugelfisch. Aber er lebt.

Stunde 9: Der Stromschlag hat Struppi verändert. Er ist jetzt sehr anhänglich. Im wahrsten Sinne des Wortes. Er baumelt an meinem T-Shirt, hält sich nur mit den Zähnen fest. Ich spüre eine Mischung aus Ärger und Respekt. Habe eigentlich kein Problem, ihn überall mit hinzunehmen, muss aber mal aufs Klo ...

Stunde 10: Toilettenpapier ist alle. Mist. Schaue mich nach Alternativen um. Zahnbürste – eher nicht. Handtuch – nein. Mein Blick fällt auf Struppi.

Stunde 11: Ich habe keine Lust mehr. Stecke Struppi mitsamt T-Shirt in seinen Käfig und lege mich schlafen. Montiere vorher das Laufrad ab.

Stunde 12: Das Teufelsviech hat die Knusperstange leergenagt und hämmert mit dem Stiel die Melodie von »I Want to Break Free« auf sein Häuschen. Ich nehme das Haus raus. Jetzt schrappt er mit dem Holz über die Gitterstäbe. Ich muss ihn umsiedeln. Ziehe mir bissfeste Topfhandschuhe an, schnappe mir den kleinen Kerl und suche die Wohnung nach geeigneten Behältnissen ab. Der Brotkasten scheint die beste Lösung zu sein. Da bekommt er Luft, es ist trotzdem dunkel, und wenn ich dafür schlafen kann, darf er mein Brot gerne behalten.

Stunde 15: Ich kann nicht schlafen. Denke an den Hamster im Brotkasten. Habe Angst, dass er erstickt. Wenn ich die Augen schließe, sehe ich sein kleines Hamstergesicht vor mir und die stumme Frage, wieso ich ihn eingesperrt habe. Kacke! Ich und mein Gewissen. Ich habe eine Idee.

Stunde 16: Ich rufe Simone an. Frage, ob sie sich mal für ein paar Tage um Struppi kümmern kann. Sage, ich habe das Kapaltunnelsyndrom und wisse nicht, wie lange ich noch lebe. Sie antwortet: »Kapaltunnelsyndrom? Das ist doch bloß irgendwas an der Hand.«

Hurra!

Ich stehe in einem fremden Bad und versuche, mit einer Penispumpe eine Verstopfung im Klo zu beseitigen, während Nick, der Verursacher, Popcorn isst und mich interessiert anschaut.

Klassischer Samstagabend. Wenn mein Kumpel mich anruft, dann will er immer was. So funktioniert unsere Freundschaft. Wir lassen uns in Ruhe, bis wir was voneinander brauchen. Meistens dringend. Henry ist meine »Du kommst aus dem Gefängnis frei«-Karte, die Rettungsweste unter dem Sitz, der Notfallplan. Und ich bin seiner.

Ich sei so erwachsen geworden, meinte er. Früher habe ich nie Verantwortung übernehmen können, aber jetzt würde er mir sogar sein Leben anvertrauen. Oder sein Auto. Oder sein Kind! Er tat so, als wäre ihm das direkt eingefallen, aber Henry ist ein sehr schlechter Schauspieler. Bisschen wie Til Schweiger, nur mit mehr Gesichtsausdrücken. Und wann?, hab ich gefragt. Mmmh, da müsse er mal überlegen, also heute, heute Abend ginge es ganz gut. Ja, Samstagabend wäre ein prima Testabend.

Da war ich schon kurz beleidigt. Wie kann er denn davon ausgehen, dass ich an einem Samstagabend nichts Besseres zu tun habe? Dass ich nicht schon lange verabredet bin, Theaterkarten habe oder mit Freunden unterwegs bin?

Gut, ich saß in Jogginghose auf der Couch, umgeben von Chipstüten und Colaflaschen, weil ich testen wollte, ob man den Unterschied zwischen Cola, Cola Zero und Cola light schmeckt. In der Werbung tun die ja immer so, als würde man das nur an den Bechern sehen. Blödsinn. Wenn du dir deine Geschmacksnerven nicht veröden lässt, merkst du das. Die schmecken so ähnlich wie Steak und Streichkäse. Da könnte ich dir auch eine Wasserflasche zu trinken geben und sagen: »Hahaha, das ist gar kein Wasser, sondern Vodka. Hättest du jetzt nicht gedacht, was?«

Henrys Sohn heißt Nick, ist noch recht klein, aber auch er schmeckt den Unterschied. Ist ganz klar ein Cola-Fan. Coca-Cola. Mit Zucker. Er hat sich direkt die Flasche geschnappt und Mann, hat der sich gefreut. Ist ganz wild durchs Zimmer gerannt vor Freude. Was kann der Kleine feiern! Und Sachen ins Klo stopfen. Das kann er fast noch besser, als sich über Cola zu freuen. Zum Beispiel die Wäsche, die im Bad liegt. Da hab ich ganz schön geguckt, wie schnell er die Wäsche ins Klo geworfen und gespült hat. So schnell kann man gar nicht gucken.

Eine Seidenbluse und ein paar Shirts konnte ich direkt rausziehen. Für den Rest habe ich Werkzeug gebraucht. Das ist in einer fremden Wohnung gar nicht so leicht. Und ich wollte Henry absolut nicht deswegen anrufen. Leider gab es keinen Pömpel, sondern nur die Pumpe.

Eine Penispumpe ist doch nichts anderes als ein sehr schmaler Pömpel. Und sie war quasi im Bad. Genauer gesagt im Schlafzimmer. Im Schrank. In einer kleinen schwarzen Kiste auf dem obersten Regal mit sehr viel anderen Dingen, über die ich mit Henry niemals reden möchte.

»Hurra!«, ruft Nick, während ich bis zum Ellbogen im Brackwasser der Toilette arbeite. Mein Arm samt Pumpe steckt so tief drin, dass ich fast die Ratten in der Kanalisation streicheln kann. Dann steckt er auf einmal fest. »Hurra!«, ruft Nick. Das ist sein erstes und einziges Wort. Ganz schön begeisterungsfähig, der Kleine. Nicht »Mama«, »Papa«, »Aua« oder so, einfach »Hurra!«.

Der wird ein schönes Leben haben, der kleine Schlüpferstürmer. Strahlt so was Positives aus. Macht mir auch direkt gute Laune, als die Penispumpe mir entgleitet und in den Tiefen des Fallrohres verschwindet, während mein Arm auf der anderen Seite aus dem Klo schnellt und ich mir aus Versehen eine sehr nasse Backpfeife gebe.

Wir sollten viel positiver kommunizieren. Statt: »Tu das nie wieder!« auch mal sagen: »Mach das bitte anders!« Öfter mal freuen. Nicht auf die verspäteten Bahnen schimpfen, sondern einen pünktlichen Zug einfach mit einem »Hurra!« begrüßen. Das können wir von diesem kleinen Wonneproppen lernen. Der könnte jetzt schon Motivations-Coach werden. Weiß er natürlich nicht.

Meine Gedanken werden vom Geräusch des Schlüssels in der Haustür unterbrochen. Henry kommt Heim. Mist. Ich schnappe mir den kleinen Nick, gebe ihm die nassen Klamotten in die Hand und stelle ihn vors Klo, schließlich renne ich mit dem Popcorn in die Küche.

»Popcorn ist fertig!«, rufe ich und: »Henry, du bist ja schon wieder da!« Dann gehen wir ins Bad.

Nick spielt gerade mit zwei Riesendildos und sitzt in einem Nest aus nassen Kleidungsstücken. Henry schaut ihn entsetzt an. Ich schaue Henry entsetzt an. Nick schreit: »Hurra!« und alles ist gut.

Party, Party, Party! Wie ich aus Versehen ein sehr großes Feuer gelegt habe.

Es ist schon spannend, wie sich der Fokus verändert, wenn man dem Feuertod ins Auge blickt. Vor zwei Stunden war ich noch damit beschäftigt, ein gutes Gastgeschenk für eine Party zu finden. Es wurde ein Holzregal. Wirkt auf den ersten Blick nicht wie das perfekte Geschenk, auch nicht auf den zweiten, aber denkt doch mal nach! So ein Regal ist sinnvoll, es ist kompakt, nachhaltig und es stand bei mir zuhause rum. Rückblickend wäre ein Feuerlöscher ein sehr gutes Geschenk gewesen, aber das weiß ich noch nicht, als ich vor der Tür stehe und klingele.

Auf einer kaffeebraunen Fußmatte steht »Matte Macchiato«, aber bevor ich wegrennen kann, öffnet sich schon die Tür. »Hallooo, ich bin die Pfeffi Steffi«, ruft mir Steffi entgegen, die ich nur flüchtig von der Arbeit kenne.

Widerstrebend betrete ich die Wohnung. »Ich geb dir mal die große Führung«, trällert sie und geht vor.

Ich stelle mein Geschenkregal erst mal in den Flur. Es stellt sich raus, dass Steffi ein riesengroßer Fan von Holz ist. Volltreffer! Der komplette Fußboden Vollholz, sogar im Bad! Im Flur ein Schrank, den ihr Großvater gezimmert hat, im Schlafzimmer ein Bett mit kunstvollen Intarsien. Lässt sich natürlich schwerer transportieren als ein Holzregal, aber die Idee ist ganz gut.

Neben dem Schrank ein großer Wandteppich mit dem Wappen der Familie. Gegenüber ein volles Bücherregal. Ich finde die Wohnung ganz schön – ganz schön brennbar. Im Wohnzimmer ein hölzerner Couchtisch, den ihr Vater ihr zum Auszug geschenkt hat, bevor er die Schreinerei aufgab, um die Welt zu bereisen. Von diesen Reisen bekommt Steffi regelmäßig Spirituosen, die sie in einer Vitrine ausstellt. Natürlich werden die edlen Hochprozenter nicht geöffnet, stattdessen schwimmt in der Badewanne Dosenbier und in der Küche steht hoffnungsvoll eine Flasche Sekt mit dem Prickelgehalt von stillem Wasser. Außerdem gibt es hier Schnaps.

»Ich bin die Pfeffi Steffi!«, ruft Steffi nicht zum ersten Mal und trinkt einen großen Schluck Pfeffi.

Na, dann bin ich wohl der Jägermeister Jan, denke ich und schnappe mir eine dreiviertelvolle Flasche.

Auf dem Gasherd steht ein Topf mit Chili, auf dem Balkon ein Grill, daneben eine bunte Wasserpistole. Auf den Gasherd müsse man aufpassen, sagt Steffi, der sei falsch beschriftet. »An« ist »aus«. Aber bevor ihr anfangt, zu kombinieren: Das war nicht das Problem.

Steffi stellt mir die anderen Partygäste vor: Ralf. Ralf trägt einen Pulli in einem fröhlichen Schwarz und starrt mich sehr gruselig an.

Es klingelt an der Tür. Der nächste Gast heißt Rüdiger und so sieht er auch aus. Rüdiger hat »die Anlage« dabei, sein Handy und eine kleine Box, aus der jetzt Schlagermusik scheppert. Jägermeister Jan gibt alles und ist ruckzuck rabendicht.

Um weiteren Gesprächen mit Ralf oder Rüdiger aus dem Weg zu gehen, kümmere ich mich um den Grill. Die Grillanzünder zünden nicht richtig, also befülle ich die Wasserpistole mit Spiritus und ziele in die Kohle. Eine Katze setzt sich zu mir. Ich nenne sie Katze Schröder.

Es klingelt wieder. Müller ist da. Endlich jemand, den ich kenne. Er hat eine Flasche Wein dabei, über die Steffi sich freut, als wäre sie ein Holzregal. Als wir alleine vor dem Grill stehen, zeigt er mir, wieso er so spät gekommen ist. Sein Rucksack ist voll mit Feuerwerk, das er mir unbedingt vorführen muss. Er zündet einen faustgroßen Kracher mit aufgedrucktem Totenkopf, der im Hof einen 20 Zentimeter tiefen Krater hinterlässt. Jetzt baut er seine Raketen auf dem Balkon auf. In der Küche riecht es nach Gas – aber auch das war nicht das Problem.

Ich trete Katze Schröder aus Versehen auf den Schwanz, der Kater stößt fauchend den Grill um, ein Funke setzt sich in der Schwanzspitze fest und entzündet die Lunte einer Rakete, die rasant Richtung Wohnzimmer startet. Sie kracht in die Spirituosen und kleine Molotow-Cocktails entflammen die Vorhänge. Wie zum Gegenangriff starten weitere Raketen Richtung Wohnzimmer. Müller schnappt sich die Wasserpistole, um zu löschen und stellt überrascht fest, dass die Wasserpistole ein Flammenwerfer ist. Die Stimmung kocht, die Küche explodiert.

Wir rennen gemeinsam mit den Nachbarn auf die Straße und Steffi ist schlagartig nüchtern, als wir auf der Straße stehend der Feuerwehr beim Löschen zuschauen. Müller reicht ihr eine Flasche Pfeffi, die sie dankend ablehnt. Alkohol ist keine Lösung, denke ich, er ist ein Destillat.

Ich habe irgendwie das Gefühl, nicht ganz unschuldig an dem Inferno zu sein. Eventuell könnte ich Müller gebeten haben, all seine Raketen Richtung Rüdiger auszurichten. Na ja. Vor meiner Flucht aus der brennenden Wohnung habe ich noch schnell etwas gerettet, damit Steffi nicht mit ganz leeren Händen dasteht. Sie hat vielleicht den Schrank verloren. Das Bett, den Tisch, den Wandteppich, die Bücher, die Spirituosen und ihr Dach über dem Kopf. Aber sie hat jetzt ein Holzregal. Und das ist doch mindestens besser als nichts.

Die Abschlussrede

Egal, was du gerade geschafft hast: Herzlichen Glückwunsch zum Abschluss! Ich hoffe, du bist angemessen stolz auf dich, denn du hast irgendetwas abgeschlossen und wenn es nur dein Auto ist. Wenn es nach mir ginge, gäbe es schon eine Urkunde dafür, morgens aufzustehen. Das klingt nach keiner großen Leistung, aber wer entscheidet denn, was groß ist und was nicht?

Es gab eine Zeit, da habe ich mich von Mikrowellengerichten ernährt. Ich wäre ohne Mikrowelle verhungert, also ein Hoch auf die Mikrowelle, dabei war ihre Erfindung nichts als ein Zufall. Ein Ingenieur forschte im Zweiten Weltkrieg für einen Rüstungskonzern an Radaranlagen, stand längere Zeit vor einer Magnetfeldröhre und merkte, dass der Schokoriegel in seiner Jackentasche anfing, zu schmelzen, obwohl es im Labor nicht warm war. Der Schokoriegel hat quasi die Mikrowelle erfunden.

Der Sekundenkleber, Gummi, Penicillin, Viagra, Teebeutel und Streichhölzer sind nicht durch akkurate Planung entstanden, sondern als Zufallsprodukt. Wie erfolgreich kann man bitte scheitern?

Aber auch ohne geniales Produkt ist es in Ordnung, keinen Erfolg zu haben. Ich habe mein Seepferdchen im ersten Versuch nicht bestanden. Ich hatte in der Schule schlechte Noten, weil Tagträume nicht auf dem Lehrplan standen. Die Angst, zu scheitern, war tief in mein Hirn gebrannt, in die Seele tätowiert, die Welt war ein Theaterstück und ich die Drittbesetzung. Für den Beleuchter. Ich war wie ein mieser Rodeo Reiter – einfach nicht gut drauf.

Da lebt ein Monster im Schrank, das sagt, dass du nicht gut genug bist, dass jeder Erfolg nicht mehr als frecher Selbstbetrug ist, und du versuchst es erst gar nicht, denn du kannst nur verlieren, lass uns heute Nacht dieses Monster rasieren.

In meinem Bad steht neben einem Notfallschokoriegel auch Papaya-Buttermilch-Handwaschlotion. Und sie riecht verdammt fantastisch. Ich weiß nicht, ob sie besser reinigt als Kernseife. Oder ob Papaya-Buttermilch der perfekte Geruch ist. Vielleicht bin ich eher so der Typ »Milch und Honig« oder »Aloe Vera Mango Melone«. Papaya-Buttermilch ist es egal, ob sie Erfolg hat. Papaya-Buttermilch ist special, Papaya-Buttermilch ist geil!

Anders sein ist geil! Vielleicht ist deine Superheldenfähigkeit Schokolade essen. Oder schlafen. Vielleicht machst du Leuten Mut, es selbst zu versuchen. Wir sind alle verschieden. Nicht wie in einem kaputten Memory-Set, sondern in einer krassen Sammlung von Unikaten. Das ist wertvoll. Wenn du ein Fisch bist, dann genieß das Wasser! Bist du ein Vogel, spüre den Wind! Wenn du ein fliegender Fisch bist – gut, dann hast du beides. Aber ärgere dich nicht, falls du kein fliegender Fisch bist! Ärgere dich nicht über die Dinge, die du *nicht* kannst! Feier die Dinge, die du *kannst!* Die Gesellschaft sagt dir oft genug, dass du für irgendwas zu groß, zu klein, zu neugierig, verträumt, zu dünn, zu dick oder irgendwie anders nicht geeignet bist. Mach das nicht selbst!

Ich habe mein Seepferdchen nicht bestanden. Aber später den Pinguin. Und ich trage diesen kleinen aufgestickten Pinguin bis heute mit einem Stolz auf meiner Badehose, der völlig übertrieben ist.

Wir lesen motivierende Quotes, die das Leben besser machen sollen: »Glaub an dich«, »Vertrau auf deine Stärken«, »Es gibt keine Probleme, nur Herausforderungen«. Im Hintergrund ein Foto vom Meer. Oder von einem Baum. Oder von einem Baum am Meer. Das klingt so, als wäre Selbstbewusstsein immer was Gutes, aber ich habe da Zweifel, weil:

Wer sich total sicher ist, der stellt nicht die richtigen Fragen. Wer unsicher ist, sucht sich Rat. Wisst ihr, wer viel Selbstvertrauen hat? Donald Trump. Trump fragt nicht, er macht. Er liest keine Nachrichten, er macht Nachrichten. Wenn 90 von hundert Leuten Trump für einen Dummkopf halten, dann spricht er eben nur mit zehn.

Sicherheitsgurte wurden erfunden, weil bezweifelt wurde, dass Autos ohne sie sicher sind. Und, kleiner Fun Fact, eine Menge Menschen haben sie nicht angelegt. Vor 50 Jahren gab es mehr als 20 000 Verkehrstote in Deutschland, fast 17 000 mehr als heute. Vor 45 Jahren wurde die Anschnallpflicht eingeführt und wisst ihr, was selbstbewusste Menschen damals in Fernsehkameras gesprochen haben? Die Anschnallpflicht sei ein Eingriff in die persönliche Freiheit, die ja im Grundgesetz fest verankert ist.

Es lebe der Zweifel! Wenn ich ein Hemd anziehe, in dem ich aussehe wie eine hässliche Fototapete, dann möchte ich, dass mich jemand davon abhält, so rauszugehen. Zu schauen, ob ich den Hausschlüssel dabeihabe, bevor die Tür zufällt, finde ich ganz gut.

Vertrauen ist gut, Zweifel ist besser. Man muss ja auch nicht ständig an sich glauben. Man kann ja auch an etwas Größeres glauben. Schwäche zu zeigen, ist meine größte Stärke. Ein Fallschirmspringer prüft seinen Fallschirm und den Notfallschirm, niemand schnappt sich einfach einen Rucksack und springt aus einem Flugzeug.

Vielleicht brauchen wir nicht »höher, schneller, weiter«, sondern auch mal »back to nature«. Schildkröten werden sehr alt, weil sie in eine Winterstarre verfallen, wenn es zu kalt wird, und warten, bis es besser wird. Fühl ich.

Ich bewundere Menschen mit einem gesunden Selbstbewusstsein. Ich habe einen Kumpel, der mit einer solchen Selbstverständlichkeit einen Cai-Piranha bestellt, dass ihn niemand korrigiert. Er ist auch der Meinung, dass man statt dem »th« im Englischen einfach »f« sagen kann. Und das stimmt. Klingt halt kacke, wenn du sagst: »I fink, fis is better fan anyfing« oder: »Fänk you.«

Nehmt eure Zukunft in die Hand, manches wird schiefgehen, vieles funktionieren, letztlich ist es an euch, was ihr daraus macht. Der Ursprung des Wortes »Scheitern« sind die »Scheite«, das gespaltene Brennholz. Aber so leicht bricht es sich nicht, das verspreche ich euch. Seid stolz auf die kleinen Dinge, zweifelt, werdet nicht wie Trump und habt immer einen Schokoriegel einstecken. Sicher ist sicher.

Kapitel 12: Auftragstexte

Spoken-Word-Texte oder Poetry-Slam-Literatur sind bekannt für ihre Wandelbarkeit. Auf einem Poetry Slam kann dem Publikum ein bunter Blumenstrauß von Comedy, Kurzgeschichten, Gedichten und allen anderen denkbaren Formen begegnen. Ebenso vielfältig sind auch die Themen. Daher passiert es nicht selten, dass Firmen, Initiativen oder Vereine sich für besondere Anlässe eigens etwas schreiben lassen wollen. Falls Sie auf die Idee kommen, einen solchen Text anzufragen – tun Sie es! Mails sind umsonst und Absagen sowieso.

Diese Texte sind maßgeschneiderte Kunstwerke, sie sind nicht billig, aber jeden Cent wert. Für einen gut recherchierten Auftragstext, bei dem die Vorstellungen der Auftraggebenden einfließen, investieren Künstler*innen je nach Aufwand und Länge zwischen 20 und 50 Arbeitsstunden, der Text geht hin und her, er wird gefeilt, geschliffen, es wird recherchiert und erfunden, damit am Ende das bestmögliche Ergebnis präsentiert werden kann.

Ich spreche nur für mich, aber auch wenn nicht alle Kunden 40 Stunden finanzieren können oder möchten[2], gebe ich immer mein Bestes. Schließlich lese ich den Text selbst vor, ich präsentiere ihn mit meiner Stimme auf der Bühne, ich stelle Fachleuten ein Kunststück über ein Thema vor, von dem ich nur eine rudimentäre Ahnung habe, und kann vorher nicht wissen, wie sie reagieren. Meistens zum Glück sehr positiv. Trotzdem bleibt eine kleine Unwägbarkeit, eine Nuance Nervosität, und der Prozess ist nicht immer geradlinig. Am Anfang gibt es immer eine Idee, ein Konzept, und manchmal geht es auch auf. Ab und zu führt der erste Impuls aber auch in eine Sackgasse und die Zeit läuft davon.

Es folgen ein paar Beispiele für Auftragstexte, die einen Eindruck des Spektrums liefern sollen, das Poetry-Slam-

2 Das sind fünf Arbeitstage bei einem Tagessatz von 800 Euro.

Literatur beinhaltet. Sie sind etwas eckiger als klassische Poetry-Slam-Texte, denn die Themen kommen weder aus meinem eigenen Kopf noch habe ich völlig frei an ihnen geschrieben.

Bekleidung (Des Cönigs neue Kleider)

Wenn ich ein Maßschneider wäre, ich würde eiskalt eskalieren. Morgens spränge ich aus einem maßgeschneiderten Bett, würfe die maßgeschneiderte Bettwäsche beiseite und freute mich auf den neuen, maßgeschneiderten Tag, wie Schulkinder auf Ferien. Ich würde nachts maßgeschneiderte Träume genießen, tags säße ich in optimalen Möbeln. Ich hätte keine Sorge, mich anpassen zu müssen, denn ich würde mir die Welt anpassen. Wie eine zweite Haut, was sag ich, wie meine erste Haut würde mir mein Leben passen, nur für mich designt. Meine Weste, mein Sakko, mein Hemd, meine Hose, meine Unterwäsche, alles nach Maß. Ich möchte einen Anzug aus dem Stoff, aus dem die Träume sind.

Ich würde jede*r Fremdenhasser*in da draußen einen Mantel des Schweigens schenken. Und wer der Gesellschaft schadet, statt sie zu schätzen, dem*der schenke ich Siebenmeilenstiefel. Den Kleinkarierten würde ich bunte Farben empfehlen, Thumbs-up und Button-down, Umhang ab und Vorhang auf für des Cönigs neue Kleider. In der Badehose zur Soirée, ups, da habe ich mich wohl verkleidet.

Ich bin der Sohn des verrückten Hutmachers, ich sammle so lang Seidenspinnerraupen, bis sie mich den Seidenspinner taufen, da draußen. Mein Auto parkt in der Innenstadt in maßgeschneiderten Parklücken, sollen andere ihr Outfit im Outlet suchen, ich gehöre lieber zu den Gutbetuchten, Kleider machen Leute und Leute machen Kleider. Den stürmischen Rabauk*innen schenke ich Windhosen. Und das ist erst der Anfang. Ich werde Arbeitstage kürzen, Urlaube verlängern, Initialen in Wolken nähen, und kannst du nicht schlafen, zählst du glückliche Schafe.

Schau in deinen Kleiderschrank und genieße, denn schön, schön, schön sind alle deine Kleider! Und falls es mal nicht so ist, liegt es nicht an dir. Perfektion ist, wenn du dich wohlfühlst. Iss nur, was dir schmeckt, lebe, wie du willst, und trag, was immer dir passt! Manchmal brauchen wir einen Konsens. Dann können wir es nicht allen rechtmachen. Aber das ist Gesellschaft. Dein Leben ist ein Zimmer in diesem Haus. Das kannst du gestalten, wie immer du willst. Wenn du dich traust. Manchmal sind da Grenzen, aber das sind auch nur Nähte zwischen zwei Flicken eines Patchworks. Und falls die Fußspuren dir zu groß sind, du aus deinen Kleidern wächst, dann brich aus, wie Schmetterlinge aus Kokons oder Toffifee aus der Plastikverpackung! Such keine Schuld, sondern Lösungen! Wenn etwas nicht perfekt passt, dann gib nicht auf, sondern pass es dir an. Stoffe lassen sich mit Scheren bearbeiten, aber das Glück sucht man manchmal wie die Nadel im Heuhaufen. Hut ab vor den Maßschneider*innen, denen der Kleidung und denen des Lebens. Dieser Tweed braucht keine Plattform, diesem Typ geht's an den Kragen. Gib nicht dein letztes Hemd, aber vielleicht dein vorletztes Shirt, um etwas zu sagen!

Schneider*in, bleib bei deinen Leisten, denn die meisten mögen es günstig. Wir bezahlen mit Zukunft im Rausch der Fantastik das zwanzigste T-Shirt aus Armut und Plastik. Viele tragen am liebsten wenig Verantwortung oder ein fröhliches Schwarz.

Ja, man muss sein Glück schmieden, solange es heiß ist, und die Lieblingssneaker lieben, bis da Verschleiß ist, und ja, man darf mehr Schuhe haben als Füße, aber nicht mehr als gesund ist für den Planeten. Liebe Grüße.

Demokratie (Effi Briest)

Demokratie klingt ja erst mal nach einer Menge Spaß. Eine Gruppe muss eine Entscheidung treffen, also darf jede*r mal was sagen. Und was die meisten wollen, das wird dann gemacht.

Jeder kennt den Spruch: »Wenn alle anderen von einer Brücke springen, machst du das dann auch?« Die Antwort ist: »Ja, denn das ist Demokratie.«

Natürlich springen wir von keiner Brücke. Das ist ja nur eine Metapher. Und Demokratie hat auch ihre Grenzen. Im Kindergarten, zum Beispiel, sind ja viel mehr Kinder als Erzieher*innen, wenn man da demokratisch wäre, dann würden die Kinder sieben Mal am Tag Eis essen, nur Spaghetti, nie Salat, immer spielen, nie aufräumen und so was. Davon muss man die scheinbar abhalten. Weil es die Erwachsenen besser wissen. Also sagt man: Demokratie ja, aber nur für Erwachsene.

Und in der Schule gilt das selbstverständlich auch nicht. Wenn da die 12. Klasse auf einmal frei entscheiden dürfte, ob sie einen schönen Film sehen oder doch lieber Effi Briest lesen will, dann würde niemand mehr Effi Briest lesen, und auch wenn ich nicht genau weiß, wieso man Effi

Briest unbedingt gelesen haben sollte – die Lehrkräfte wissen es. Die wurden ja dazu ausgebildet.

Im Betrieb, in der Familie, im Profisport, in Bus und Bahn, da läuft es genauso. Eine*r bestimmt und gibt die Richtung an. Wo kämen wir denn da hin, wenn wir immer jede*n fragen würden? Und was ist mit den Depp*innen? Wenn ich jetzt mit 20 Depp*innen im Bus sitze, und das kann durchaus mal passieren, dann ist mir schon lieber, dass die Busfahrerin die Richtung angibt und nicht die Mehrheit.

Das soll jetzt kein Statement gegen die Demokratie werden. Oder gegen Effi Briest. Ganz im Gegenteil. Die Demokratie, die Mitbestimmung jede*r Einzelnen, ist für mich die Staatsform Nummer eins. Und Effi Briest ... ist eben Effi Briest. Keine Frage. Ich finde nur so spannend, wie viele Facetten die »Wahrheit« hat und wie verschiedene Positionen beanspruchen können, die einzig richtige zu sein. Ich weiß nicht, was richtig ist. Ich brauche Diskussionen, Fachmenschen, Austausch. Ich akzeptiere auch, dass Dummköpfe von Dummköpfen vertreten werden wollen und diese dann wählen. Ich akzeptiere, dass Angst ein starker Motor ist. Doch Angst ist kein guter Ratgeber. Der Unterschied zwischen Angst und Vorsicht ist die Ahnung. Vorsicht hat mit Planung zu tun, mit konkreten Sorgen, Vorsicht kann schützen, Angst macht Panik und Panik macht starr.

Ich gehe sehr vorsichtig mit wilden Tieren um. Waschbären zum Beispiel. Die sehen so niedlich aus, aber sie haben Krallen und scharfe Zähne. Ich komme selten mit Waschbären in Berührung, aber wenn, wäre ich vorbereitet.

Trotzdem ist Angst unser Ding und nicht Vorsicht. Wir hatten Angst vor den Göttern, dem Meer, dem Feuer, der Wildnis, dem Säbelzahntiger, dem Auto, dem Fernseher, dem Flugzeug, dem Zug, dem Schiff, der Zukunft, der Technik ... Ich könnte ewig so weiter machen. Die Angst vor Veränderung ist gerne stärker als die Neugier auf die Zukunft.

Sicher, Veränderung ist nicht immer leicht. Es gab eine Zeit, da wurde ich als kleiner Junge überall hingetragen oder -gefahren. Wenn damals jemand zu mir gesagt hätte: »Sobald du laufen lernst, hört der Spaß auf«, dann würde ich immer noch fröhlich glucksend auf dem Bauch durch die Gegend robben. Weil das damals perfekt war. Heute ist laufen Freiheit, früher war es ganz schön anstrengend.

Wenn die Angst vor dem Zug sich damals durchgesetzt hätte, müssten wir nicht auf verspätete Bahnen schimpfen. Wir bräuchten aber auch die zehnfache Zeit, um irgendwo hinzukommen.

Die Sache ist die: Ich habe auch Angst. Angst davor, was mangelnder Dialog und blinde Wut anrichten können. Angst, dass meine Seifenblasenträume platzen, aber nicht die Filter-Bubbles. Bloß führt meine Angst nicht zu Wut. Demokratie heißt nicht, dass wir alle einer Meinung sein müssen. Demokratie bedeutet, dass wir uns lieber unterhalten, als uns anzufeinden.

Und noch was:

»Das Leben wäre nicht des Lebens wert,
wenn das alles gelten sollte, was zufällig gilt.
Alles Beste liegt jenseits davon.
Lerne Dich daran zu freuen.«[3]

3 Textstelle aus Effi Briest, S. 196

Depressionen (Ein Kind von Traurigkeit)

Es gibt Tage, die haben keine Farben, da ist der Morgen ein Abend, der Bürgersteig Lava und gegen Zeit hilft nur Schlafen. Es gibt Tage, da esse ich viel Schokolade, denn Zucker ist süß und die Ideen sind bitter. Das sind Tage, an denen jedes Fünkchen Glück abgesaugt ist von einem starken Industriestaubsauger, kennt ihr das Gefühl, wenn das Wasser aus der Badewanne abläuft, man selbst aber sitzen bleibt?

An solchen Tagen gehe ich nicht raus, sie gehen vorbei wie Passant*innen an Schaufenstern. Früher oder später. Wie im Schwimmbecken muss ich warten, bis ich ganz unten angekommen bin, dann kann ich mich abstoßen. Schiefe Ideen und dunkle Schatten kleben mich am Boden fest mit Panzertape, jede Sekunde, die ich nicht aufstehe, wächst der Druck, aber ich werde kein Diamant, sondern nur eine Delle im Laminat.

In der Wohnung über mir ist eine Party. Ich weiß das, weil alle Nachbarn eingeladen sind, denn es wird ein bisschen lauter. Ziemlich nett, bisschen frech. Zum Glück tragen alle ihre Schuhe und die Decken sind dünn, denn das

Getrappel der Füße gefällt mir besser als die Musik. Ich würde gerne auf die Party gehen, um mir zu zeigen, dass ich es kann. Aber der Weg nach oben wirkt weiter und schwieriger als die Besteigung des Himalayas.

Es ist ganz schön schwer, wegzurennen, wenn man selbst das Problem ist. Ich habe keine Diagnose, aber mir ist das auch nicht wichtig. Depressionen, Melancholie, Traurigkeit, Unlust, nenn es Beate – es hält mich gerade davon ab, zu funktionieren.

Ich weiß, dass dann mit mir nicht gut umzugehen ist. Ja, ich habe mal versucht, mehr Sonne zu tanken. Nein, an den Vitaminen liegt es nicht. Sicher, das haben wir alle mal. Klaro, muss man eben durch. Supi, dass du dir das nicht vorstellen kannst. Danke, dass ich sonst so gesund aussehe. Stimmt, wenn ich nicht zum Arzt gehe, wird es nicht besser. Logo, wenn ich dagegen keine Tabletten nehme, bin ich selbst schuld.

Auf der Party kommt richtig Stimmung auf. Ich höre Lachen, verschiedene Gespräche und habe noch nicht aufgegeben, hochzukommen. Jemandem fällt ein Glas runter und ein Besen streicht über den Boden, als wollte er mich beruhigen.

Ich habe keine Energie, aber auch keine Schmerzen, es ist einfach kein Benzin mehr im Tank. Ich bin stehengeblieben im Nirgendwo des eigenen Kopfes und fahre Stationen meines Lebens ab, als wäre ich der Stadtbus. Alles ist schwarz-weiß.

Gerade gibt es nicht viel, das mir hilft. Auch keine Gleichgesinnten, sondern einfach nur Ruhe und Verständnis. Wenn jemand etwas nicht kann, kann er*sie es ja nicht besser, wenn jemand dazukommt, der*die es auch nicht kann. Wenn jemand eine Panikattacke bekommt, weil er*sie in einem engen Raum eingesperrt ist, kann man ja auch nicht sagen: »Hey, keine Sorge, ich habe auch Klaustrophobie« und alles ist gut.

Oben wird mit einer Katze gewrestelt. Oder Singstar gespielt. Ich weiß nicht, was ich lieber sehen würde. Es klingelt schon zum dritten Mal an meiner Tür, bis jemand sagt: »Oh, falsch, noch eins höher« und geräuschvoll durch das hölzerne Treppenhaus stapft.

Das Schlimmste für mich ist, andere zu nerven oder zu belasten. Ich komme mit diesen Momenten klar, sie sind kürzer oder länger, aber sie haben immer ein Ende. Dann wache ich auf, wie aus einem Traum, es geht mir natürlich nicht sofort super, aber ich weiß das zu überspielen. Niemand ist so lustig wie jemand, der seine Traurigkeit verbirgt. Nennt mich Fun Cönig, ab jetzt schießt die Spaßkanone! Jeder Stolperer ist Absicht, hier regiert der Slapstick, ich habe mehr schlechte Witze als gute Ideen und bin mir für nichts zu schade. Wirf mir eine Torte ins Gesicht, wenn es jemanden zum Schmunzeln bringt!

Die Party ist in der Küche angekommen, gedämpfte Stimmen haben die Musik abgelöst, die Gruppe ist kleiner, jetzt ist der Moment, den ich lieben würde, wenn ich da wäre.

Die Sonne schickt ihre ersten Strahlen durch das Fenster, es wird wärmer, mein Herz nimmt Fahrt auf und das Gefühl kommt zurück in den Kopf. Die Farben sind zurück, mir sitzt kein schwarzer Hund mehr auf der Brust, ich kann atmen. Es geht ganz schnell und überraschend leicht, ich vergesse, wie es eben noch war.

Ich könnte jetzt auf die Party gehen, aber sie ist vorbei. Es gibt sicher ein nächstes Mal, so oder so.

Digitalisierung

»Man sieht nur mit dem Handy gut, das Wesentliche ist für die Augen unsichtbar.«

(Antoine aus der 6e)

Dank meines Smartphones kann ich auf dem Klo E-Mails lesen und schreiben. Ich kann Fotos verwalten, Routen planen, Konzerttickets kaufen, Freundschaften pflegen, sozial interagieren und muss mich dafür keinen Zentimeter bewegen. Trotzdem kann ich eine Woche leben, ohne WLAN oder Internet in der Nähe zu haben.
Ich finde die technischen Fortschritte, die uns umgeben, genial. In jede Fuge des Alltags dringt digitale Verbesserung.

Ich stelle mir vor, dass ich eine Datensammlerin habe, die sich nur um mich kümmert. Sie ist schlau, humorvoll und passt überraschend gut zu mir. Sie hat eine gesunde Neugier, wegen der ihr die Arbeit mächtig viel Spaß macht. Und während sie meine Daten sammelt, wird ihr bewusst, was ich für ein Top-Typ bin. Sie sieht meine spannenden Instaposts von ganz besonderen Orten und denkt: »Wow, dieser Jan Cönig ist aber ganz schön viel unterwegs!« Dann sieht sie meine lustigen YouTube-Videos und wie geistreich ich auf Twitter wirke, und sie ist hin und weg. Irgendwann ist sie in so einer rosaroten Love-Filterbubble, in der sie nur noch sieht, was sie sehen will. Dann ignoriert sie, dass ich nicht immer nur frisches Obst und intelligente Bücher kaufe, sondern auch mal billigen Schnaps, Dosenravioli und lustige Taschenbücher.

Die Digitalisierung ist ein Zug Richtung Zukunft. Steig ein oder nicht, aber stell dich nicht aufs Gleis und erwarte, dass er bremst. Seit dem Sündenfall ist der Apfel nicht mehr so begehrt. Ich bezweifle nicht, dass digitale Krankheiten und Süchte durch digitale Prozesse entstehen. Ich weiß nur nicht, was das bedeuten soll. Ohne Autos gäbe es keine Autounfälle, trotzdem sitzen wir in schnellen Metallkäfigen und düsen durch die Stadt.

Ich habe keine Angst, eines Tages durch einen Roboter ersetzt zu werden, denn ich sehe den Zweck meiner Existenz nicht allein in einer Leistung für die Gesellschaft. Ich glaube an mehr als Kapitalismus, ich habe Terminator gesehen und trotzdem keine Furcht vor Bots. Ich weiß, dass Kinder weder ausschließlich unreflektiert konsumieren noch automatisch immer verantwortungsvoll handeln.

Mein Smartphone hat einen Flugmodus. Mein Urlaub ist offline und wer mich anruft, wenn ich abschalte, der spricht mit meiner Mailbox.

Digitale Medien alleine sind in meinen Augen so gefährlich wie ein Samuraischwert in der Sahara. Wisst ihr, was wirklich gefährlich ist? Feuer. Davon kann man verbrennen, Wälder, Häuser, Menschen, Tiere können in Rauch aufgehen, Sachen können explodieren, trotzdem haben wir es nicht abgeschafft. Wir haben gelernt, damit umzugehen.

Es gibt vieles, das ich kritisch sehe, ich möchte beispielsweise nicht überwacht werden. Ich stemme mich mit sämtlichen Beinen gegen die projizierten Rollenbilder und das Überangebot. Mir wird schlecht, wenn ich den feigen Hass des Internets sehe. Aber dem können wir begegnen. Die Welt verändert sich und wir uns mit. Nur weil du Höhenangst hast, solltest du deiner Tochter nicht verbieten, Pilotin zu werden!

Ich kenne das Früher, in dem wir statt Navigationssystemen überforderte Beifahrer mit Faltkarten hatten, auf Schreibmaschinen schrieben und mit der ganzen Familie vor den drei Fernsehprogrammen saßen. Dem Fernsehen, das uns dumm machte, von dem wir viel zu viel bekamen und viel zu früh und überhaupt. Die erste Medienkritik galt dem Buch.

Als wäre es nötig, die scheinbare Dystopie der Gegenwart herzuleiten, mit schwarz und schwarz einen Schnappschuss zu zeichnen und daran zu erinnern, wie schlecht gerade alles ist. Ein schönes Beispiel hierfür ist der Vorwurf, dank der Smartphones werde nicht mehr kommuniziert. Das ist Quatsch. Ich möchte in der Bahn zum Beispiel bitte Kontakt zu Menschen, die ich mag. Und wenn die nicht da sind, dann per WhatsApp oder Anruf. Ich schwöre, ich habe mich früher genauso viel in der Bahn unterhalten wie jetzt.

Die digitale Welt ist für mich wie ein Stein. Ob du damit ein Haus baust oder Scheiben einschlägst, hast du selbst in der Hand.

Und jetzt poste ich ein Bild von mir und einem Katzenbaby an einem Strand in Australien – während des Sonnenuntergangs. Auf Insta. Falls mich gerade jemand überwacht und Lust hat, sich zu verlieben.

Europa

Gut schaust du aus, altes Haus! Ja, der Mantel ist etwas abgewetzt, an den Rändern ist immer so viel Reibung, da muss man aufpassen. Du hast etwas zugelegt, aber wer tut das nicht im Alter? Dein Name aus dem Altgriechischen geliehen, aber gib ihn nicht zurück! Behalt ihn! EUROPA, übersetzt: »die mit der weiten Sicht« ... Oder: »die Breitgesichtige«. Aber vergiss die Schönheitsideale, lass uns in die Ferne blicken, als hätten wir mehr Zeit als Verstand!

Du bist der Tagestrip nach Den Haag, nur um das Meer zu sehen. Der spontane Ausflug nach Italien, um eine Pizza Hawaii zu bestellen. Du bist der Familienurlaub in Kroatien, die Abschlussfahrt nach Barcelona, der Besuch im McDonald's in der Champs Élysée, das Wochenende in London, ja, London, ich weiß, das tut immer noch weh.

Europa, du Goldstück, du Heimat, du Held, bleib tapfer, denn da ist noch Licht in der Welt.

Wir müssen wählen, Europa, nicht nur wir zwei, sondern alle. Immer müssen wir wählen. Aus zehn Sorten Salami, dutzenden Käsen, Pizza, Obst, Gemüse, Fleisch, weißt du, wie viele Brotsorten wir in Deutschland haben, Europa? Richtig, alle. Und dann sitzen wir da, mit vollen Bäuchen, der oberste Knopf der Hose ist längst offen, die Augen geschlossen, und sollen uns entscheiden. Das ist schwer, denn es geht uns gut, Europa. Zu gut.

Klimaschutz, Demokratie, Gleichberechtigung, Frieden, alles schön und gut, aber wer mäht den Rasen, wo ist der Putzplan fürs Treppenhaus und wieso ist Mehl so teuer? Wir müssen arbeiten, Europa. Wir brauchen Inhalte, Ideen und weniger Angst. Mit Freude schöner Götterfunken, Tochter aus Elysium gewinnst du keinen Blumentopf, wir sind einfache Leute, Europa.

Das macht es kompliziert. Denn wir haben Fragen: Wer sind die Guten und wer sind die Bösen? Wie sieht die Zukunft aus? Was ist Elysium? Wieso gibt es 14 Staffeln Germany's Next Topmodel und nur acht von Game of Thrones? Aus welchem Grund ist es etwas Besonderes, Nahrung biologisch herzustellen? Was haben alte Menschen und Origami gemeinsam? Okay, das weiß ich: Falten.

Europa, unsere gemeinsame Zukunft ist wie ein leeres Zimmer – lässt sich einrichten. Aber es muss sich etwas ändern. Seien wir ehrlich, Europa, du bist nicht cool. Dir fehlen die Drachen und der Nachtkönig, die Digitalisierung ist nicht so dein Ding, deine Ziele sind diffus, deine Abgeordneten schwänzen. Wir brauchen jetzt mehr als nur Geografie, um eine Zukunft zu basteln.

Ich wünsche mir, dass meine Enkel*innen irgendwann vom Greta-Thunberg-Gymnasium oder der Greta-Thunberg-IGS oder der Greta-Thunberg-Realschule nach Hause kommen und mich ausfragen, weil sie gerade den Klimawandel in Geschichte durchnehmen. Und ich möchte, dass sie sich das nicht vorstellen können: aussterbende Tierarten, Naturkatastrophen, Handelskriege, Rechtspopulismus, Stillstand als Lösungsansatz.

Natürlich ist es nicht leicht, Europa, denn du bist mehr als nur Landmasse, Grenzen und Luft, du bist die Summe der Einwohner*innen, die besten Ideen, die sich durchgesetzt haben, ein Bündnis, eine Familie, wenn man so will.

Und in jeder Familie gibt es auch komische Leute. Diesen einen Onkel, der sich immer gegen alles stellt, damit man ihm mal zuhört. Diese eine Großtante mit dem Hörgerät, der man nicht zuhören sollte. Die Cousine dritten Grades, die etwas zu viel Kontakt sucht und so weiter ...

Kennst du das Opossum, Europa? Das stellt sich tot, wenn es Angst hat, das ist seine Überlebensstrategie. Und dann sondert es ein stinkendes Sekret ab. Das hilft uns jetzt nicht weiter, Europa. Niemand will ein stinkendes Sekret absondern, geschweige denn riechen, und sich totzustellen ist auch keine Option. Wir brauchen keinen Scheintod, wir brauchen Action! Junge Menschen und offene Ohren. Mut zur Veränderung. Einen Plan und eine Diskussion darüber. Ein Bündnis, das mehr ist als reine Geografie. Und Elysium. Denn das ist der Zustand des vollkommenen Glücks.

Liebe (Tschüssikowski)

Es gibt so viele schöne Liebestexte, aber kaum jemand beschäftigt sich damit, was passiert, wenn es eben nicht mehr funktioniert und die Schmetterlinge ausgeflogen sind. Ich habe versucht, einen Schlussmachtext zu schreiben, der geschlechtsneutral ist. Falls ihr gerade happy verliebt seid, hebt ihn euch einfach für später auf.

Hallo Alex,

wir müssen reden. Du hast mich mal gefragt, wo ich in uns in zehn Jahren sehe. Ich habe damals so getan, als würde ich schlafen. Jetzt kommt die Antwort: so weit wie möglich von dir entfernt.

Wenn es am schönsten ist, soll man aufhören. Hätten wir das mal gemacht!

Ich bin nicht mehr ich selbst. Ich bin jetzt Batman. Glaube ich. Jedenfalls muss ich wieder zu mir selbst finden. Das kann dauern. Lass uns doch mal eine kleine Pause einlegen, schauen, wie sich alles so entwickelt, was Neues ausprobieren. Buddhist*innen glauben an die Wiedergeburt. Vielleicht ist das unser Ding. Ich würde mich freuen, im nächsten – oder übernächsten – Leben mal wieder was von dir zu hören.

Was du liebst, das lass los, es sei denn, du liebst einen Fallschirm und bist gerade aus einem Flugzeug gesprungen. Ich weiß auch nicht, wie uns beiden das weiterhelfen soll. Ich bin die Tränen nicht wert, Alex, ich bin Gold wert und es fühlt sich nicht so an, als würdest du den aktuellen Goldpreis kennen.

Ich habe mir die Entscheidung nicht leicht gemacht, deine Freunde und deine Familie fand ich super. Total. Aber das reicht nicht. Nur weil jemand auf einer fragwürdigen Demo Eis verkauft, bleibe ich ja nicht da und halte ein Schild.

Ich will einfach mal alleine sein. Also nicht ganz alleine, schon mit anderen, aber bitte nicht mit dir. Auf der Welt gibt es so viel Kälte, da will ich es im Privaten mal mit etwas Wärme probieren.

Natürlich wirst du mir fehlen, genauso wie einem Baby Zähne fehlen. Irgendwann soll der Platz gefüllt sein, aber aktuell komme ich auch mit der Lücke ganz gut klar.

Es hat einfach nicht funktioniert mit uns. Gut, genau genommen hat es super funktioniert. Bis es dann kaputtgegangen ist. Wenn ich einen Fernseher habe, der jahrelang ein gestochen scharfes Bild zeigt, bis er eines Tages den Geist aufgibt, dann sage ich ja auch nicht: »Mist, das mit dem Fernseher hat einfach nicht funktioniert.« Dann sage ich: »Mmh, da brauche ich wohl einen Neuen.«

Alex, du bist der Hammer. Nur brauche ich einen Schraubenzieher. Ich wäre gerne der Mensch geworden, den du haben willst, aber ich wäre als Kind auch gerne Cowboy geworden. Oder Dinosaurier. Du hast recht, ich habe mich gehen lassen. Jetzt wird es Zeit, dich gehen zu lassen.

Lass uns Freunde bleiben! Oder werden. Nicht wie beste Freunde, eher so wie ich mit dem Briefträger befreundet bin. Jeder macht sein Ding, man grüßt sich und wechselt ab und zu ein paar nette Worte, trotzdem bin ich nicht verpflichtet, auf seine Hochzeit zu kommen.

Ich mag dich. Nur eben mehr in so einer »Früher war alles besser«-Stimmung als in einem »Mannomann, ist das jetzt schön!«-Moment.

Wir waren nicht Limo und Cola in Spezi. Wir waren eher Apfelsaft und Urin. Auf den ersten Blick sieht alles gut aus, aber wenn man es genauer betrachtet, stimmt was nicht. Und es hinterlässt einen widerlichen Nachgeschmack.

Alex, das mit uns war wie ein Fallschirmsprung – am Anfang aufregend, dann erschreckend und wenn es lange genug abwärts gegangen ist, freut man sich, dass es rum ist.

Danke für alles, was gut war, was blöd war, ist alles verziehen, und falls du noch etwas von deinen Sachen haben willst, ich habe sie alle eingelagert. Besser gesagt, verschenkt. Na ja, ich habe sie auf die Straße gestellt und jetzt sind sie weg. Mir tun sie weh, dir waren sie nicht so wichtig und jetzt machen sie irgendjemanden glücklich.

Du bist ein ganz toller Mensch, wenn man auf sowas steht. Und vergiss nicht: Für die Welt bist du vielleicht niemand. Aber für niemanden bist du die Welt!

Luther

Hätte ich eine Zeitmaschine, ich würde in die Vergangenheit reisen. Mal schnell zurück zum 31. Oktober 1517. Da steht er im kalten Nieselregen an der Schlosskirche in Wittenberg: Martin Luther.

Zufälligerweise bin ich genau in den Moment zurückgereist, in dem er die Thesen an die Tür nagelt. Ich räuspere mich. Er reagiert nicht. Das Hämmern ist zu laut. Ich warte, bis er Pause macht. Endlich bricht ihm ein Nagel ab und er muss kurz stoppen.

»Hallo Dr. Luther«, sage ich. Er dreht sich um, grüßt freundlich zurück und widmet sich direkt wieder seinem Schlagwerk. Also warte ich, bis er fertig ist. »Hallo Dr. Luther!«, versuche ich es ein zweites Mal. Leicht verwirrt und etwas weniger freundlich grüßt er mich erneut. Dann macht er sich auf den Weg nach Hause. Ich stelle mich ihm in den Weg. Er weicht aus. Ich muss mir etwas einfallen lassen …

Ich erzähle ihm, dass ich aus der Zukunft komme und präsentiere stolz eine Nagelpistole, um das zu beweisen. Ich berichte, dass es jetzt sogar eine kleine Plastikfigur nach seinem Abbild gibt, von Playmobil, damit Kinder Luther spielen können. Dann erkläre ich ihm Playmobil. Und Plastik. Ich erzähle, dass es unfassbar viele Bücher über Luther gibt, reich verziert und gestaltet, und dass fast jede*r lesen kann in der Zukunft und wir die Bücher über Amazon kaufen können. Das ist moralisch nicht so gut, weil die keine fairen Löhne zahlen, aber als Prime-Kund*in spart man die Versandkosten. Dann erkläre ich ihm Amazon, Prime und Versandkosten. Ich schaue auf die angenagelten Thesen, frage mich und dann ihn, wieso im Christentum ständig genagelt werden muss. Jesus ans Kreuz, Thesen an die Kirche, vielleicht könnten wir mal was legen. Oder mit Klebeband. Dann wäre der riesige Jesus am Kreuz in der Kirche weniger gruselig. Gerade für Kinder. Ich erzähle ihm, was ich von ihm weiß: Dass er die Laute spiele, dass ich genau 471 Jahre nach seinem Tod geboren sei und dass man überall den Wortwitz »Luther bei die Fische« finde. Mehr habe ich noch nicht. Eisleben weiß ich noch und 95 Thesen. Ich erzähle, dass er die Kirche gespalten habe wie der Blitz einen Baum. Luther erschrickt.

Er fragt mich, was aus seinen Thesen geworden sei.

»Na ja«, sage ich, »Ablass gibt es nicht mehr.« Dafür werde heftig diskutiert ob und wie er überhaupt die Thesen angeschlagen habe.

Er fragt, ob das was an seiner Wirkung ändere.

»Nö«, antworte ich.

»Dann ist ja gut«, meint er.

Wir schweigen eine Weile. Schließlich erzähle ich, dass 2017, im 21. Jahrhundert, alle ganz verrückt nach ihm gewesen seien. 500 Jahre Reformation. »Tatsächlich«, sage ich, »bin auch ich ein sehr, sehr bekannter Autor aus der Zukunft und möchte einen Text über Sie schreiben.«

Das gefällt ihm. Ich schlage vor, eine Art Rap über ihn zu verfassen. Anschließend erkläre ich ihm Rap. Er ist einverstanden. Wir schreiben zusammen einen kurzen Text, der sein Leben mehr oder weniger gut zusammenfasst.

»Gegen die geltende Ordnung,
gegen Geld und Gewalt,
geboren in Eisleben,
wurde er des Glaubens Gestalt.

Am Anfang war er Anwalt,
na ja, zumindest fast,
bis das Gewitter mit Blitzschlag
ihm ne Riesenangst verpasst.
Er verpflichtet sich der Religion,
studiert und macht'n Doktor,
verliert nicht oft die Übersicht,
die Kirche ist in Topform:
Sünder leisten Ablass
und die Sünden sind vergessen,
dabei ist Martin Luther
von viel Höherem besessen.

Sein Gott ist nicht bestechlich,
er verfolgt dein ganzes Leben.
Die Kirche lacht verächtlich,
versucht, Luther aufzuheben.
Kardinäle lieben Luxus,
Luther lässt nicht mit sich reden,
wenn sie härter vorgeh'n,
geht er eben härter dagegen!

Sie verbrennen seine Schriften,
er verbrennt ihre Schriften,
sie ächten ihn,
um ihn letztendlich gänzlich zu vernichten.
Er nutzt die Zeit in Einsamkeit,
er übersetzt die Bibel neu
ins Deutsche und wer lesen kann,
wird endlich bibeltreu.

Im Bauernkrieg stellt er sich
offen gegen die Gewalt.
Als Luther stirbt,
ist er nur 63 Jahre alt.
Viel älter ist dagegen
sein beträchtliches Vermächtnis,
deswegen hoffe ich,
es bleibt uns ewig im Gedächtnis.

Ein Schneeball aus Eisleben
löste die Lawine aus,
erschuf ein Beben und die Welt
zog viele gute Lehren draus,
zumindest hoff ich das. Dein Gott
sieht dich genauso, wie du bist,
ob Muslim, Hindu, Jude, Bahai,
Christ oder Buddhist.

Geld ist nicht der Kern der Welt, der Kern ist aus Metall,
und 2017 feierten die Leute überall
den Reformator und 500 Jahre Reformation,
den Glauben, losgelöst von seiner Institution.

Ein Beispiel, dass die Feder
manchmal noch das Schwert bezwingt,
dass Widerstand sich lohnt,
weil er Veränderung bringt.«

Luther ist begeistert. Er fragt, ob es in der Zukunft überhaupt noch Anlässe zum Protest gebe. Ich lache. »Sonst hätten wir ja wohl keine Nagelpistolen ...«

Mobilität

Wir starten in der Spätphase der Neandertaler*innen, vor 40 000 Jahren. Es läuft richtig gut. Haha. Mit nützlichen Sohlen und Fellen schützen sich unsere Vorgänger*innen gegen Hitze und Kälte, der Schuh ist geboren und tritt seinen Siegeszug an. 35 000 Jahre später werden die ersten Wildpferde gezähmt und dienen nicht nur als Fleisch- und Milchlieferant, sondern auch als Nutztier. Und man sitzt so schön hoch auf dem Pferd. Apropos, im 16. Jahrhundert tragen die Damen Sockelschuhe mit Absätzen von bis zu 40 Zentimetern, in denen sie ohne fremde Hilfe nicht laufen können. Dafür halten sie Schritt mit der Mode und zeigen, dass sich nicht immer nur die besten Ideen durchsetzen.

Im 17. Jahrhundert wird zum Beispiel nicht mehr zwischen dem rechten und dem linken Schuh unterschieden. Sehr praktisch, wenn man einen Schuh verliert und ersetzen will, aber auch sehr schmerzhaft, denn es ändert nichts daran, dass wir zwei völlig verschiedene Füße haben.

In Russland entstehen im 17. Jahrhundert die Vorläufer der Achterbahn, die sogenannten »russischen Berge«. Bewegung ist nicht zielführend, sie soll Spaß machen! Ziemlich cool. Ganz schön heiß ist die erste Dampflok, die 1804 in Betrieb genommen wird, doch in Deutschland kommt die Idee erst mit Verspätung an. Typisch Bahn.

Es dauert mehr als 30 Jahre bis zur Jungfernfahrt auf der Eisenbahnstrecke Nürnberg–Fürth. Denn es wird gewarnt! Die Bahn sei zu schnell, die Rauchentwicklung schädlich und die Fuhrleute mitsamt ihren Pferden würden arbeitslos! Heute steht die Bahn für ökologische Fortbewegung und das deutsche Schienennetz misst mehr als 4 000 Kilometer, aber zurück in die Vergangenheit.

1892 sitzen junge, wohlhabende Männer auf dem Hochrad. Endlich auf Augenhöhe mit den aristokratischen Reitern, ohne ein Pferd zu bedienen. Wieder arbeitslose Pferde, doch dafür werden 200 000 Hochräder hergestellt und wer weiß, was noch kommt. NIX! Das Hochrad kann nicht mithalten mit dem Sicherheitsniederrad, dem heißen Scheiß Ende des 19. Jahrhunderts. Und ein weiteres Fortbewegungsmittel taucht auf der Bildfläche auf – das Automobil. Nach vielen Versuchen und Patenten ist das Modell T von Ford 1927 das meistverkaufte Auto der Welt. 15 Millionen Menschen genießen den Temporausch von 20 PS. Um die Spitzengeschwindigkeit von 67 km/h zu erreichen, braucht das Geschoss gerade mal 33 Sekunden.

Wir springen 42 Jahre, die Erde steht nicht mehr im Mittelpunkt, dafür der Mond. Apollo 11 heißt das Fortbewegungsmittel der Stunde. Sein Erfolgsrezept: Visionen, Wissenschaft, Mut, Geschick, Metall und eine Menge Sprengstoff. 810 000 Liter Raketentreibstoff und fast 3 Millionen Liter Wasserstoff und Sauerstoff katapultieren Neil Armstrong, Buzz Aldrin und Michael Collins aus der Erdumlaufbahn zu einer unbezahlbaren Erfahrung. 35 Dollar bezahlt Nike zwei Jahre später für ihr neues Logo, den Swoosh. Später legen sie noch ein paar Aktien nach, deren Wert inzwischen von 150 auf 2,4 Millionen Dollar gestiegen ist, ein lukrativer Stillstand.

Neun Jahre nach der Mondlandung wird in Schweden übrigens der Rollator erfunden. Weniger Aufregung, kaum Explosionen, kein großer Schritt für die Menschheit, aber meine 90-jährige Oma freut sich, immer noch selbst einkaufen gehen zu können.

Dabei ist gehen völlig out, man kickt! Der Tretroller Kickbike wird in Finnland eigentlich als Sportgerät erfunden, aber im Jahr 2000 gibt es einen Hype um das Kickboard und erwachsene Anzug- und Kostümträger*innen flitzen durch Deutschlands Bahnhöfe, was wirklich anstrengend ist und peinlich. Dabei steht der große Auftritt des Rollers noch bevor.

Es gab so viele Versuche, Bewegung zu perfektionieren: Dampfmaschinen, Zahnräder, Pferdeantrieb, Windsegel, Schlittenhunde, Keilriemen, Rolltreppe, Blutegel, Aufzug und Laufband, Rollkoffer, Mofa, es gibt inzwischen mehr als eine Milliarde Autos weltweit, der Zeppelin ist vom Himmel verschwunden, Segelboote und Yachten pflügen durch das Meer, aber nichts, wirklich gar nichts kann mit dem Transportmittel der Zukunft mithalten – dem E-Scooter.

Obwohl wir uns alle einig sind, dass niemand Segway fahren und gleichzeitig seine Menschenwürde behalten kann, scheint es völlig in Ordnung zu sein, auf einem leicht motorisierten Tretroller mit debilem Lächeln durch fremde Städte zu zuckeln. Ich habe das auch schon gemacht und ja, es ist lustig. Man muss nicht mehr oldschool spazieren gehen, man scootet durch die City, kann sogar Tricks machen. Oder Tricks versuchen und nich' schaffen. Und man kann die Roller ganz entspannt überall in den Weg stellen, wenn man sie nicht mehr braucht. Ihr könnt sagen, was ihr wollt, mit Pferden wäre das nicht passiert.

Dann und wann würde ich gerne mal in die Zukunft schauen. Wie sich alles entwickelt, was dazukommt, was wegfällt. Nicht nur die Autos werden schneller, sondern auch die Erfindungen. Zwischen dem Nike Swoosh und einem mit Fell umwickelten Fuß lagen noch 38 000 Jahre, zwischen Kickboard und E-Roller kaum mehr als zehn und wir gehen weiter davon aus, dass sich unsere Ideen entwickeln und potenzieren, dass wir vielleicht fliegen können, mit Jetpacks oder Drohnen, und Fahrrad fahren, mit Motor oder ohne, und es ist wichtig, dass sich alle an der Diskussion beteiligen, denn jede Erfindung startet mit einer Idee. Es gibt mehr als eine Richtung, nicht nur richtig und falsch, sondern auch irgendwas dazwischen. Nicht jede große Explosion hat zum Mond geführt, nicht jedes Feuer eine Bahn angetrieben und eine Menge Höhenflüge waren dem Absturz näher als den Reiter*innen. Aber ohne all die Fehlschläge gäbe es keine Entwicklung. Wir wickeln uns heute selten Felle um die Füße, niemand hat ein Hochrad und viele Pferde sind arbeitslos. Aber eins ist sicher: Es geht immer weiter. Die Frage ist nur, wie.

Sanitäranlagen

Ich stehe vor einem fremden Klo und suche einen Ausweg. Anfangs war ich mir nicht sicher, ob der 30. Geburtstag meiner Nachbarin der perfekte Moment ist, bei ihr aufs Klo zu gehen. Auch, weil wir uns vorher noch nicht kennengelernt haben.

Meine Toilette ist kaputt, es ist Samstagabend und ich hatte gerade Bohneneintopf. Eine ungünstige Kombination. Wenn man mich vorher gefragt hätte, welcher mir der wichtigste Raum meiner Wohnung ist, hätte ich mich wahrscheinlich nicht für das Bad entschieden. Schlafzimmer, sicher, da muss man entspannt schlummern und sich ausruhen können. Wohnzimmer, keine Frage, da verbringt man Zeit mit Gästen, macht seinen Mittagsschlaf und kommt runter. In der Küche bereitet man sich die Mahlzeiten zu. Aber die Toilette?

Ich könnte auch auf der Couch schlafen, mir Essen bestellen, mit Freunden im Flur chillen – nur auf dem Klo tue ich eben Dinge, die ich exklusiv auf dem Klo machen möchte. Es ist ein bisschen so wie mit meiner Nachbarin. Ich habe mich nie wirklich für sie interessiert, aber jetzt brauche ich sie dringend.

Mein Geschenk ist ein Bluff, ich habe schnell eine Klopapierrolle in Zeitungspapier eingepackt und hoffe, dass sie mit dem Auspacken wartet. Wie lang sollte man nach dem ersten Hallo warten, bis man den fremden Lokus benutzen darf? Ich weiß es nicht.

Tina stellt mir die anderen Partygäste vor. Ziemlich netter Haufen. Was mein Stichwort ist. In einem günstigen Moment schleiche ich Richtung Toilette, aber hier findet gerade die Wohnungsbesichtigung statt. Echt schön. Eine Badewanne mit Eis und Bierflaschen, ein schwebender Abort, tolle Fliesen, ich bin begeistert. Ich kann die anderen schwer bitten, zu gehen, also bleibe ich in Sichtweite und postiere mich möglichst unauffällig im Flur. Tina bringt mir einen Teller Chili und ich bin zu höflich, abzulehnen. Scheißidee. Endlich ist die Toilette frei. Ich bewege mich sehr vorsichtig auf die Badezimmertür zu, doch Tinas Vater kommt mir zuvor. Ich denke, ich habe noch maximal 10 Minuten, dann werde ich mich erleichtern – ob ich zu diesem Zeitpunkt auf einem Klo sitze oder nicht. Ich gehe die Optionen durch:

1. Trotz kaputter Spülung meine Toilette benutzen.
Nein. Beim letzten Probespülen kam eine erhebliche Wassermenge zurück, das möchte ich nicht riskieren.

2. Mich in der Natur erleichtern.
Leider wohnen wir an einer stark befahrenen Straße, der nächste Park ist zwanzig Minuten entfernt und ich würde mein großes Geschäft gerne privat erledigen. In einem Bad.

3. Eine andere Toilette suchen.
Ich fürchte, dafür ist es zu spät.

Zum Glück bewegt sich der Schlüssel in der Badezimmertür. Es wird aufgeschlossen. Ich weiß nicht, wann ich mich das letzte Mal so gefreut habe.

Rein ins Bad, die Tür zu machen, zum Abschließen bleibt keine Zeit mehr. Ich gehe zur Kloschüssel ... und halte inne. Die Toilette ist verstopft. Und als wäre das noch nicht genug, schwimmt ein kleines Würstchen im Wasser, das mir Tinas Vater dagelassen hat. Was macht man da? Ich kann ja schlecht ihren Vater vor allen Leuten bloßstellen. Das glaubt mir doch keiner! Ich kann aber auch nichts dazulegen.

Aus Reflex spüle ich. Das war dumm. Die Schüssel füllt sich bis zum Rand mit Wasser. Ich muss etwas unternehmen, die Zeit wird knapp, also treffe ich eine Entscheidung.

Liebe Welt, es ist 2022 und Milliarden Menschen müssen ohne Toiletten leben. Es fehlt nicht nur an Hygienestandards und Sanitärversorgungen, sondern auch an sicheren Rückzugsorten in intimen Situationen, die einen Schutz vor Verletzung der persönlichen Grenzen bieten. Fehlende Toiletten sorgen für eine Verunreinigung des Trinkwassers und lassen Krankheiten entstehen, die leicht verhindert werden könnten. Wir haben die Mittel, das zu ändern.

Liebe Tina, ja, ich habe in deine Badewanne gemacht. Ohne sie vorher leerzumachen. Das tut mir sehr leid. Es war auch nicht in Ordnung, dass ich das Bad von außen abgeschlossen habe und ohne ein Wort gegangen bin. Es war mit Sicherheit kein schöner Anblick, als du mit dem Vermieter zusammen die Tür geöffnet hast, und es tut mir leid, dass du vor Scham ausgezogen bist. Aber lass dir eins gesagt sein: Dein Vater hat angefangen.

Kapitel 13: Neu

Endlich gibt es etwas Neues. Nach elf Jahren in der Retrospektive jetzt die Zukunft oder wenigstens die Gegenwart, es wird ja auch mal Zeit.

Der größte Stressfaktor bei mir und vielen Kolleg*innen ist die Sorge, nichts Neues oder Gutes mehr schreiben zu können. Was, wenn es das schon war, wenn mein Pulver verschossen ist, das Talent verbraucht und die Ideen sich erschöpfen? Je mehr Texte ich höre, Bücher ich lese, Serien ich schaue, desto größer wird die Sorge, dass jede Pointe schon gemacht ist, jeder Gedanke gedacht ist, die Buchstaben in unendlichen Varianten aneinandergereiht wurden und alles, was mir bleibt, ist Redundanz.

Dieser Gedanke erleichtert nicht unbedingt das Schreiben, denn Kunst wächst nicht unter Druck. Ich hätte mir diese Sorge gerne abgewöhnt, aber vielleicht lässt sie mich auch mein Privileg spüren.

Der Unterschied zwischen Arbeit und Hobby ist nicht der Spaß, den brauche ich auch auf der Arbeit. Der Unterschied ist mein Umgang mit fehlender Motivation. Beim Hobby kann ich mir eine Menge Auszeiten nehmen und wenn es zu stressig wird, höre ich einfach auf. Im Beruf ziehe ich durch. Also schreibe ich quasi das ganze Jahr. Wenn es leicht ist, kann es jede*r, wenn es schwer wird, zeigt sich der Wille. Und weil Poetry Slam nicht vom reinen Text, sondern auch vom Vortrag lebt, brauche ich ständig solche Texte, die auch mich begeistern.

Ich habe in einem Hotelzimmer in Konstanz mal meinen Autorenkollegen Paul Bokowski gefragt, ob er die Angst kenne, keine neuen Ideen zu haben, und er schaute mich an, überlegte und meinte: »Nein.«

Unsere Themen sind überall – obwohl es sich selten lohnt, über die Dinge zu texten, von denen Freunde, Familie und Bekannte sagen: »Schreib mal einen Slam darüber!«[4]

4 Slam ist das Format. Der Text heißt im Fachjargon »Text«. Ein Musiker schreibt ja auch kein Konzert.

Manchmal ist es leicht, manchmal ist es schwer. Auf die beliebte Frage »Wie lange schreibt man an einem Text?« gibt es keine eindeutige Antwort. Es gibt Ideen, die in fast perfekten Momenten auf die richtige Menge Zeit treffen, und andere, die sind harte Arbeit. Ich habe schon Texte in zwei Tagen geschrieben, aber auch mal Monate gebraucht, bis ich eine Inspiration literarisch verarbeitet habe. Ob es die kurzen Texte sind, die über 50 Vogelwortspiele oder die zwei Stücke, die sich mit viel Energie vortragen lassen: Ich liebe die Textpremieren und Anfangsprozesse. Selten bin ich aufgeregter als in dem Moment, in dem sich zeigt, ob ich ein Kunstwerk lese oder Mumpitz. In jedem Fall wird der Text so lange verändert, bis ich weiß, dass mir nichts Besseres mehr einfällt, und von allen Stellen so überzeugt bin, dass ich sogar die Witze drin lasse, die ausnahmslos mir gefallen.

Im letzten Kapitel nun also die frischen, aktuellen Stücke. Manche werden glänzen, andere nicht, die einen werden Erfolg haben, die anderen nicht. Alle haben ihren Platz.

Die To-do-Liste

Ich sitze im Arbeitszimmer und versuche, dem Raum gerecht zu werden. Ich rufe schon zum zehnten Mal meine Mails ab – nix. Ich habe den gesamten Spam durchgesehen und beantwortet, mich von sämtlichen Newslettern abgemeldet, den Tacker gefüllt und den Locher geleert, die Büroklammern nach ihrer Größe geordnet, den Schreibtisch geölt, den Monitor geputzt – gerade ist echt nicht viel los. Um mich zu motivieren, schreibe ich erst mal eine To-do-Liste. Erster Punkt: To-do-Liste schreiben – check. Fühlt sich gut an. Schreibe direkt noch ein paar andere Punkte auf: Aufstehen, Zähne putzen, Hose anziehen. Kontrolliere kurz und mache drei Häkchen. Na, geht doch. Das sind jetzt natürlich keine klassischen Kriterien des Erfolgs. Die Chance, als professioneller Boule-Spieler Geld zu verdienen, ist sehr viel höher, als sich für die Reinigung der eigenen Zähne bezahlen lassen zu können.

Mir fällt auf, dass ich kaum noch Papier im Drucker habe. Fülle Druckerpapier nach. Schreibe »Druckerpapier nachfüllen« auf die To-do-Liste und hake es ab. Apropos, wie schreibt man eigentlich To-do-Liste? Zusammen, getrennt, groß, klein? Ich habe keine Ahnung. Google »Schreibweise To-do-Liste«, schreibe »Schreibweise To-do-Liste googeln« auf die To-do-Liste und hake es ab.

Ich finde ja, man sollte nach Leistung bezahlen und nicht nach Zeit. Obwohl, wenn ich ehrlich bin, heute würde ich nach Leistung nicht so viel verdienen.

Inzwischen ist schon Zeit fürs Mittagessen. Schreibe »Mittagessen« auf meine To-do-Liste, mache mir etwas zu essen und setze meinen Haken. Klasse, direkt nach der Pause schon einen Haken setzen zu können. Von wegen Suppenkoma, ich bin direkt wieder da, wo ich vor dem Mittagessen war. Heute ist auch einfach nichts los. Das hat man davon, wenn man so ordentlich ist und alle Aufgaben immer sofort erledigt. Hätte ich mir ein paar Aufgaben aufgehoben, hätte ich die jetzt wegarbeiten können, aber nein, der Herr Ordentlich hat ja in den letzten Tagen schon alles weggearbeitet.

Meine Mutter ruft an. Schreibe »Mit Mama telefonieren« auf die To-do-Liste und hake es ab. Schaue mir meine Liste an. Ganz schön viele Haken. Reicht erst mal für heute, morgen ist auch noch ein Tag.

Puzzle

Neulich war ich bei jemandem zu Besuch und eigentlich hatte ich einen ganz guten Eindruck von der Person, aber dann habe ich auf dem Weg zur Toilette gesehen, dass die Person ein gerahmtes Puzzle an der Wand kleben hat. Das verstehe ich einfach nicht.

Ich bin ein großer Fan von Puzzles und kenne das Gefühl, stolz darauf zu sein, dass man ein 4 000-Teile-Meisterwerk fertiggestellt hat, aber reicht es nicht, davon zu erzählen? Und wenn man nicht darüber reden möchte, sollte man es dann so passiv aggressiv an die Wand hängen? Reib es mir doch ins Gesicht, dass du die Zeit hast, aus tausenden von kleinen Teilen in derselben Farbe ein Viereck zu basteln. Die einzige gültige Erklärung, ein Puzzle an die Wand zu kleben, ist ein sehr großes Loch, das man spontan verdecken muss.

Das hat jetzt mit Puzzles nichts zu tun, aber ich kannte mal jemanden, der hat in einer WG gelebt, die sehr hellhörig war und er hatte Angst, dass man hören könnte, wie er Pornos schaute und sich selbst befriedigte. Also hat er immer onaniert, wenn die Kirchenglocken der Kirche gegenüber geklingelt haben. Das hat ihn erstens auf eine sehr verstörende Art konditioniert und zweitens kam direkt, als er mir davon erzählt hat, die Frage auf, wieso er nicht einfach Kopfhörer aufgezogen hat.

Manchmal fäll einem die einfachste Lösung nicht ein. Und manchmal braucht es auch keine Lösung. Das denke ich jedes Mal, wenn mir die Autokorrektur eine E-Mail zersägt, weil die Person, die ich anschreibe, mit Nachnamen Knack heißt. Ich weiß, das ist als Hilfe gedacht, aber etwas übergriffig ist das schon.

Eigentlich muss ich ja gar nicht auf Toilette, aber irgendwie ist das Gespräch beim Essen in eine Sackgasse geraten. Sowas macht mir immer Panik, zum gemeinsamen Schweigen brauche ich viel Vertrauen. Also habe ich das Erste gesagt, das mir eingefallen ist, um die Stille zu durchbrechen. Nämlich, dass man Wasser spart, wenn man in der Dusche pinkelt. Das kam nicht so gut an. Also bin ich mal demonstrativ auf die Toilette gegangen.

Ein Puzzle steht wie kaum etwas anderes für den Satz »Der Weg ist das Ziel«. Ich glaube ja, das Puzzle wurde erfunden, weil jemandem mal eine Tonkaraffe runtergefallen ist. So eine richtig wichtige Karaffe. Und weil die Person keinen Ärger bekommen wollte, hat sie gesagt, dass sei eine neue Erfindung. Vieles, was wir heute benutzen, ist aus Versehen erfunden worden. Die Mikrowelle zum Beispiel. Da stand ein Techniker mit einem Schokoriegel im Laborkittel vor einer Anlage, und als der Riegel geschmolzen ist, war die Mikrowelle erfunden. Oder das Streichholz. Da war jemand ziemlich überrascht, als er mit einem Holzstab den Kessel mit den Chemikalien ausgekratzt und das Zeug auf einmal angefangen hat, zu brennen.

Ich wüsste auch gerne, wie die Rückseite von Briefmarken erfunden wurde, die mit Speichel klebt. Hat da jemand auf ein Papier gespuckt und war überrascht, dass es geklebt hat? Oder gab es einen Versuchsaufbau mit einem Topf voll Spucke? Eklig. Aber immer noch besser, als sich ein Puzzle an die Wand zu kleben.

Vögel

»Na, was hältst du von meinem neuen **Zaun, König?**«, fragt mein Nachbar.

Er ist ein absoluter Angeber und seit er in Rente ist, kommt er mit seinem Alter nicht so gut zurecht. Hat sich schon ein paar Mal die **Falken** wegspritzen lassen, der Gute.

»**Fink** ich gut«, antworte ich und bereue direkt, ihm Anerkennung gegeben zu haben, denn der **Pute** bläst sich auf wie ein **Truthahn.**

»Ja, das kannst du dir nicht leisten! Das ist der **Star** unter den Zäunen, allererste Wahl! ich mache eben keine **Schwalben** Sachen. Bei mir heißt es **Gans** oder **Kranich.**«

Ich nicke.

Seine Frau kommt mit einem Brief aus dem Haus. »**Pfau** mal, hier ist ein Brief vom Ordungsamt!« Sie sieht mich und drückt ihm den Brief in die Hand.

»**Uhu!**«, sagt sie.

»**Kuckuck**«, antworte ich.

»Mein Mann muss seinen Führerschein abgeben, weil er über eine rote **Amsel** gefahren ist«, sagt die Frau.

»**Bird, bird!**«, rufe ich. Mein Nachbar sagt nichts.

»Dann fährt dich ab jetzt eben die **Ara,** wenn du mal wo hinmusst.«

»Die **Ara** hat nur einen Roller«, knurrt mein Nachbar. »Und der ist ge**drossel**t.«

»Unsere Tochter ist ein **Emu**«, sagt die Frau.

»Emo«, verbessert sie der Nachbar.

»Sie hat auch eine neue Freundin. Die **Dodo**«, fährt seine Frau unbeirrt fort.

»Doro«, sagt der Nachbar und geht ins Haus.

Als er wiederkommt, trägt er einen dunkelblauen Zwei-**Reiher.** Er präsentiert mir stolz den Stoff. »**Fasan!**«

Ich möchte nicht.

»Wir haben später Gäste«, erzählt er ungefragt »Deswegen haben wir heute Silberbesteck auf dem Tisch. Echtes **Sperling**-Silber.«

Er redet und redet und redet.

»Weißt du, Cönig, mein Leben lang war ich immer **Elster**. Was hast du nach dem Abi gemacht?«

»**Kiwi**«, antworte ich.

»Ha!«, ruft er. »Ich habe auf einem Schiff angeheuert und die Welt bereist. Aber mach dir nix **Strauß.** Was bist du für ein Sternzeichen?«

»**Möwe**«, antworte ich.

»Ha!«, ruft er schon wieder.

Geht mir ganz schön auf die **Geier.** Statt diesem Angeber zuzuhören, würde ich lieber barfuß durch einen steinigen **Bachstelzen.**

»Weißt du, ich bin Stier. Immer mit dem Kopf durch die Wand. Ich war früher Rennfahrer, habe nicht einmal eine **Eule** in den Wagen gefahren. Ständig erster **Spatz!** Was hatte ich einen Erfolg! Ich hatte so viel Geld, dass wir ständig auf **Meisen** waren. Hier ein Flug mit **Condor,** da eine kleine **Bussard.** Meine Frau fährt ja nicht selbst, die trinkt zu gerne A**pirol** Spritz. Also war es immer an mir, aber was soll man **Huhn?**«

»Tja und jetzt fährt Sie die **Ara.**« Ich lächle unschuldig.

Mein Nachbar nicht. Ich **Taube,** ich **Rabe** ihm seinen Moment **Stieglitz**t.

Aber er hat sich schnell wieder gefasst. »Ja, das verstehst du nicht, Cönig. Wenn man mal so richtig erfolgreich ist, dann hat man eine Fallhöhe. Du bist völlig **schwanlos. Feder** erwartet etwas Großes. Riesiges Haus, Salon mit Flügel, ein Leben am **Schnabel** der Welt. Ständig muss man es **Krallen** beweisen, zeigen, dass man **Fitis.** Aber irgendwann ist der Ofen **Kauz!** Heute **Sittich** noch an der Spitze, alle **Kleiber** sind hinter mir her, und morgen bin ich schon in **Ente.** Das ging **Gans** schnell. Eines Morgens bin ich aufgewacht und dachte: ›**Nandu**, wann bin ich alt geworden?‹ Die Lebenszeit ist eine **Wachtel** Pralinen. Läuft irgendwann ab. Ich bin wie ein alter Anzug. Heute **Dohlen** sie mich nicht mehr aus dem Schrank. Heute noch guten Morgen, morgen gute **Nachtigall.** Da wäre ich auch gerne so ein erfolgloser Künstler wie du, immer unerkannt, das Leben schön **Gimpel.** Du hast kein Management, keinen Druck, was du machst, ist völlig egal. Du bist nicht faul und nicht **Zeisig,** du bist nicht pleite, sitzt aber auch nicht auf einem **Goldadler.** Du bist kein **Ammer**typ, aber auch nicht ganz **Specht.** Ich habe mal **lercher**chiert, du bist mittelgut in allem und überhaupt nicht wichtig. «

So eine Frechheit! Ich **Rabe** jetzt lange genug zugehört. Ich **Krähe!** Denke ich. Aber dann sehe ich den traurigen Blick meines Nachbarn und fühle mein Herz. »Sag Bescheid, wenn ich was **Tukan.**«

Drei Tage später fragt mich meine Freundin, ob ich dem Nachbarn angeboten habe, ihn einen Monat lang überall hinzufahren, denn er stehe vor der Tür und wolle jetzt zum Golf. Ich schaue sie nur traurig an, nicke und sage: »**Habicht.**«

Besser

Ich habe letztens irgendwas gesucht und eine alte Deutscharbeit von mir gefunden. Ich hatte eine solide Zwei bekommen, auf die ich heute noch stolz bin, aber dann las ich, was der Lehrer mit rotem Lehrerstift neben die Zwei geschrieben hatte: »Das geht noch besser.«

Gut, zugegeben, faktisch ist das richtig, die Zwei ist nicht die beste Note, die man bekommen kann, aber was ist das denn für eine Einstellung? Sitzt der Mensch auch im Restaurant, genießt ein Drei-Gänge-Menü, trinkt Rotwein in charmanter Begleitung und denkt darüber nach, wie die Begleitung noch optimiert werden könnte, ob der Rebensaft im Folgejahr nicht etwas mehr Bukett hatte und ob das leckere Essen nicht noch ein bisschen leckerer hätte sein können? Händigt er nach dem Liebesspiel einen Feedbackbogen aus, um seine Performance zu verbessern? Schreibt er diesen Satz auf seinen Grabstein? »Hier ruht Eduard Müller. Das geht noch besser.«

Dein Fußballverein gewinnt 3:0?

Das geht noch besser.

Du spielst, seitdem du fünf bist, Klavier?

Das geht noch besser.

Du warst gestern auf einem Konzert?

Das geht noch besser.

Dein Kind lernt gerade erst laufen?

Das geht noch besser.

Du hast 20 € gefunden?

Das geht noch besser.

Du bist 100 Jahre alt?

Das geht noch besser.

Dabei stört mich am meisten, dass der Druck, sich zu verbessern, nicht richtig verteilt ist. Das Gesundheitssystem, der Nahverkehr auf dem Land, Bezahlbarkeit von Wohnraum, Work-Live-Balance, Umweltschutz – das sind Dinge, die sich absolut verbessern müssen. Aber das tun sie nicht. Stattdessen kann ich aus unzähligen Quellen wählen, welchen meiner Makel ich zuerst angehen möchte. Ich bekomme einen Laser, meine Körperhaare zu entfernen, Tipps zu Diäten, Mittel gegen Haarausfall, Zahnpasta für weißere Zähne und Zahnfleischschutz.

Du brauchst einen Schulabschluss, ein Studium, eine Arbeit, ein Vermögen, du musst ein Kind pflanzen und einen Baum zeugen, ein Haus gründen, eine Familie bauen, dich weiterentwickeln, ein Ziel haben im Leben. Du sollst ein gutes Vorbild sein und schön, am besten innen und außen, du sollst gelassen sein und durchsetzungsfähig, nicht wie alle, aber auch nicht ganz anders. Sei belesen und einzigartig, aber kein Einzelgänger, sei pünktlich, aber mit öffentlichen Verkehrsmitteln. Geh in die Natur. Sei nicht krank, körperlich und seelisch, denn das Gesundheitssystem funktioniert fantastisch, wenn du es nicht brauchst.

Was mich auch stört, ist dieser Gedanke, man könnte alles schaffen. Sky is the limit. Du bist deines Glückes Schmied. So ein Quatsch! Du kannst nicht alles schaffen, was du willst. Oder anders: Du kannst alles schaffen, was du willst, wenn das, was du willst, das ist, was du schaffen kannst.

Die maximale Summe der Erfolge, die für dich erreichbar sind, steht schon vor deiner Geburt fest. Wo du als Kind von wem mit welchem Geschlecht und welcher Hautfarbe aufwächst, hat einen Einfluss darauf, was geht. Die Natur kennt kein Fair Play und die Gesellschaft sucht Superlative: das Topmodel, den Superstar, die Weltmeister*innen. In die Höhle der Löwen kommt kein Billigfleisch. Das ist ein kleiner Stimmungskiller, ich weiß.

Das geht noch besser.

Irgendwie sind meine depressiven Episoden auch eine Form von Umweltschutz, denn ich spare Strom, wenn ich in meinem dunklen Zimmer sitze. Ich spare auch CO_2, wenn ich zu nichts imstande bin, und unter meinem Hunger muss sicher kein Tier leiden.

Apropos, liebes Internet, ich möchte keine Tipps mehr zu Training, Investitionen, Ernährung oder irgendwas. Ich möchte Tiervideos. Katzen, Hunde, Alpakas, egal. Ich weiß, ich bin etwas zu klein für mein Gewicht, meine finanziellen Mittel sind mittel und ich esse zu viel Schokolade – komme ich mit klar. Wenn ich gegen meinen Willen gute Ratschläge bekommen möchte, rufe ich meine Mutter an.

»Das geht noch besser« ist die Eintrittskarte für die ewige Unzufriedenheit, denn egal, wie sehr du dich anstrengst, es bleibt der fahle Beigeschmack, dass da noch mehr gegangen wäre. Der Rasen des Nachbarn ist grüner, das Essen am Nachbartisch leckerer, der Sonnenuntergang gestern war sicher noch romantischer. Und ist ein Moment einmal perfekt, dann ist er definitiv zu kurz. Außerdem ist ja nicht alles miteinander vergleichbar. Ist eine Schildkröte besser als eine Zimtschnecke? Erst, wenn du Hunger hast. Ist blau besser als 27? Oder Salz besser als der Mond? Das ist doch alles Quatsch. Ich denke da immer an Krankheiten, bei denen man sich wünscht, dass es einem besser geht. Aber das Leben ist ja keine Krankheit, es ist ein Geschenk. Und auch, wenn manche besser sind als andere, sind sie doch top, wenn sie von Herzen kommen.

Und den Satz unter der Deutscharbeit habe ich auch korrigiert. Da steht jetzt neben der Zwei. »Das war gut.« Und damit ist alles gesagt.

Wut

Der Sohn meiner Nachbarin spielt jetzt Blockflöte. Selten wurde Luft so sehr verschwendet, beeindruckend, wie wenig Talent man haben kann. Wie viele schöne Dinge hätten aus diesem Holz werden können statt einem Instrument, das klingt wie ein großer Vogel mit ADS, der sich keinen Song merken kann. Der Gute erinnert mich an Beethoven, denn so, wie er spielt, kann er definitiv nicht hören.

Wenn es um Blockflöten geht, stellt sich mir ja immer eine Frage: Wieso? An welchem Punkt im Leben eines Menschen hat der Skill, in eine Holzröhre zu pusten und verschiedene Löcher zuzuhalten, einen Vorteil? Wie oft holt jemand auf einer Party oder am Lagerfeuer spontan seine Blockflöte raus und alle freuen sich? Wie viele Jugendliche gründen eine Band, um an der Blockflöte zu rocken? Wie viele Menschen verlieben sich in die Blockflötist*innen? Wie krass muss die Nachfrage nach Blockflötenvirtuos*innen sein, dass man ganze Stufen damit quält? Wer hat sich das ausgedacht? Meine Theorie: Oropax.

Ich gebe zu, ab und an bin ich wütend. Das hätte ich lieber anders. Aber Entspannung braucht Ruhe und Wut kommt von alleine, deswegen meinte mein Therapeut, ich solle einfach mal eine Liste machen. Alles klar, dachte ich mir, habe ja sonst nichts zu tun, als so eine blöde Liste zu machen, bitte schön, der ist jeden Cent wert, der Mann, »machen Sie mal eine Liste« lernt man sicher erst im letzten Semester, dass ich da nicht selber drauf gekommen bin! Und in dem Ärger war ich so richtig schön in Schwung, da ist mir die Liste ganz gut von der Hand gegangen.

1. Parkplatzsuche in der Innenstadt. Wohnungssuche in der Innenstadt. Partner*innensuche in der Innenstadt. Innenstadt! Als wärst du ein besserer Mensch, nur weil du keinen Platz hast.

2. Götterspeise! Ich habe echt schon viel Elend gegessen, aber das schlägt dem Fass den Boden aus. Daran ist nichts gut. Man kann es mit Wodka kochen. Klasse. Man kann alles mit Wodka kochen! Man kann Nudeln mit Wodka kochen! Schmeckt halt eklig. Wie Götterspeise. Ich diskutiere nicht darüber, dass Götterspeise, vor allem in der Geschmacksrichtung Waldmeister, das Ekelhafteste ist, was meine Zunge erleben musste. Das Zeug sieht aus wie der Blobb. Oder Schneckenschleim. Wenn die Macher von Zuckerwatte diesem kulinarischen Unheil seinen Namen gegeben hätten, hieße es nicht Götterspeise, sondern Ekelglibber.

3. Jedes Telefonat, das eine Mail hätte sein können. Vielen Dank, dass du mir zehn Minuten meiner Zeit gestohlen hast, um mir danach alles nochmal in den Computer zu tippen und zu schicken.

4. »Früher war alles besser.« Dieser Satz ist die Götterspeise unter allen Sätzen, denn er ist falsch und ich möchte nichts mit ihm zu tun haben. Wenn du dir die Vergangenheit so hart zurückwünschst, dann verbringe dein Leben gern auf Mittelalterfesten, Mylord, aber bei der Anfahrt, beim Toilettengang oder wenn du dich in

den Finger schneidest und nicht an einer Blutvergiftung stirbst, musst du einsehen, dass die Zukunft eine Menge Verbesserungen bereithält.

5. Starrköpfigkeit. Was ist dein Problem mit Veränderungen? Ja, ich weiß, Quallen haben Millionen von Jahren ohne Hirn und Rückgrat überstanden, aber Quallen beschweren sich auch nicht darüber, dass junge Menschen die Welt verändern. Quallen treiben durchs Meer und lassen sich von Schildkröten fressen. Nur so als Ansporn.

6. Unser Umgang mit der Umwelt! Die Meere enthalten so viel Plastik, als wären sie von Playmobil, der Klimawandel klopft nicht an der Tür, er steht schon längst im Wohnzimmer. Es muss uns doch zu denken geben, dass es inzwischen so viele Produkte aus Meeresplastik gibt! Als wäre das eine neu erschlossene Rohstoffquelle und kein Fehler aus der Vergangenheit. Wir haben keinen zweiten Planeten im Schrank.

7 Mein Gehirn. Wie schön muss es sein, sich Dinge zu merken, die wichtig sind. Gedichte, Telefonnummern, Namen. Stattdessen speichert mein Gedächtnis zu 90 % unnützes Wissen. Hier ein paar Beispiele:

Udo Jürgens ist auf seiner »Mitten im Leben«-Tour gestorben.

Pakete, die man online bestellt, werden im Durchschnitt 17 Mal fallengelassen.

Wombats kacken in Würfelform.

Würden Babys jedes Jahr im selben Tempo weiterwachsen wie im ersten Lebensjahr, wären sie nach 18 Jahren ungefähr fünf Meter groß.

Schweine dürfen in Frankreich nicht Napoleon genannt werden.

Nimmt man die Anfangsbuchstaben der Monate Juli bis November zusammen, ergibt das den Namen Jason.

8. Menschen, die eine andere Geschwindigkeit haben als ich! Mir in die Hacken zu laufen, geht mir genauso auf den Sack, wie am Ende einer Rolltreppe ruckartig stehenzubleiben, als wäre man ein Hindernis bei Ninja Warrior und ich hätte vergessen, zu trainieren. Und ich weiß nicht, auf welchem Mittelaltermarkt ihr den Führerschein gemacht habt, aber der Sicherheitsabstand schützt euch genauso wie mich.

Und das ist noch nicht alles! Legosteine an nackten Füßen, Wasser, das mir beim Händewaschen in den Ärmel läuft, warmes Bier, kalter Kaffee, streikende Drucker, Rassismus, Sexismus, Bodyshaming, schlechte Musik – in laut –, wo ich sie hören kann.

Apropos, in der Nachbarwohnung suchen sie gerade die Blockflöte. Sieht so aus, als hätte sie jemand im Garten vergraben und vorher verbrannt. Aber das habe ich nicht aus Wut gemacht, sondern einfach für den Frieden.

Bei Lektora erschienen

Sebastian 23

Stehenbleiben für Fortgeschrittene

Dieser Band ist der Nachfolger des Bestsellers »Hinfallen ist wie Aufstehen, nur später!«. Neue Gedichte und Geschichten von Sebastian 23. Mal lustig, mal ernst; hier politisch, da persönlich.
Und zwischendurch einfach nur da.

»Ein gutes Gesprächsthema für ein erstes Date zu finden, war noch nie meine Stärke. Mia schien dennoch beeindruckt, immerhin sah sie mich mit weit aufgerissenen Augen an.
Ich hatte von Frauen gehört, die auf wütende Männer standen und diese rohe ungefilterte Natur bewunderten. Frauen, die sich für Wutbürger begeisterten. Die jeden Montag in Dresden am Straßenrand standen und den vom Hass schon ganz knittrig gewordenen Gesichtern der PEGIDA-Demonstranten zujubelten oder sie gar mit Unterwäsche und Blumen bewarfen. Hass-Groupies. Houpies.
So sehr ich es genoss, bewundert zu werden, musste ich doch ehrlich zu Mia sein, also sagte ich: ›Mittlerweile bin ich ganz anders. Ich habe mich vom Hass und allen negativen Gefühlen abgewandt und lebe ein Leben so sanft und friedlich wie ein warmer Frühlingswind.‹
Mias Gesichtsausdruck entspannte sich. Offenbar begann ich, sie zu langweilen.«

ISBN 978-3-95461-147-8
9,90 Euro

www.lektora.de